KB039025

피로 묵(墨) 삼아 기록한 꽃송이

이 도서의 국립중앙도서관 출판예정도서목록(CIP)은 서지정보유통지원시스템 홈페이지(http://seoji.nl.go.kr)와 국가자료종합목록시스템(http://www.nl.go.kr/kolisnet)에서 이용하실 수 있습니다.
(CIP제어번호: CIP2018041455)

피로 묵(墨) 삼아 기록한 꽃송이

≪독립신문≫ 게재 시 1

대한민국임시정부기념사업회 엮음

일러두기

1. 이 자료집은 ≪독립신문≫에 실린 한시(漢詩), 자유시, 산문시, 추도시, 추도가 등 각종 시가(詩歌)를 수집해 수록했다.
2. ≪독립신문≫은 상해에서 발행된 국한문판과 중문판, 중경에서 발행한 중문판 등 세 종류를 대상으로 했다.
3. 수집한 시는 게재된 순서로 정리했으며, 게재된 면수를 밝혔다.
4. 원문 그대로 수록하는 것을 원칙으로 했다. 다만 오자가 분명한 경우에는 바로 잡았고, 잘못 붙여 쓴 경우에는 띄어쓰기를 했다. 한글과 한자 혼용시의 경우, 한자 아래 한글을 병기했다.
5. 가독성을 위해 원문에 있는 온점, 느낌표 등의 마침표와 문장부호 등을 임의로 삭제한 경우도 있다.
6. 한시는 원문과 함께 번역문을 수록했다.
7. 현재 잘 사용되지 않는 단어에는 각주를 달아 그 뜻을 풀어놓았다. 예를 들면 '서음놈'이라는 단어에 주를 달아 '섬놈'이라고 해석해놓았다.
8. 제목이 없는 시는 ( )를 사용해 임의로 제목을 넣거나(예: 김가진이 상해에 망명하며 지은 시) '무제'라고 표기했다. 지은이 이름 중 원문에는 없으나 추정이 가능한 경우에는 ( )로 표시해놓았다.
9. 원문 상태가 좋지 않아 읽을 수 없는 글자는 ○로, 원문에서 알 수 없다고 표시한 글자는 ●로 표기했다.

발간사

기쁜 소식을 전합니다.

대한민국임시정부기념사업회가 시집 『피로 묵(墨) 삼아 기록한 꽃송이』를 출간합니다. 대한민국 임시정부 수립 100주년을 앞두고 또 하나의 기념사업을 완결합니다.

시집 『피로 묵(墨) 삼아 기록한 꽃송이』는 대한민국 임시정부 기관지 ≪독립신문≫에 실린 시 178편을 모았습니다.

일제강점기 독립운동 과정에서 많은 신문과 잡지가 발행되었습니다. 이 매체들에는 시와 시가가 실렸습니다. 선열들은 이 시문학에 자신들의 삶을 담았습니다. 시와 시가가 일제강점기 독립운동가들의 삶을 이해할 수 있는 중요한 자료가 되는 이유입니다. 이 시집의 출간으로 일제강점기 항일민족시 연구의 지평이 더욱 넓어질 수 있기를 기대합니다.

우선 ≪독립신문≫에 실렸던 시들을 정리했습니다. 다른 독립운동 관련 매체들에 실렸던 시를 모아 출간하는 작업도 예정하고 있음을 알려드립니다.

시집 『피로 묵(墨) 삼아 기록한 꽃송이』는 전국의 고등학교와 대학교 도서관 그리고 공공도서관에 배포됩니다. 이 시집이 교육 현장에서 널리 활용되기를 바랍니다.

이 뜻깊은 시집의 출간을 준비한 한시준 교수 등 관계자들의 노고를 치하합니다. 시집 출간을 후원해주신 문화체육관광부(장관 도종환)에도 감사의 말씀을 드립니다. 아울러 한울엠플러스(주)의 도움도 기록해놓습니다.

대한민국 100주년을 우리는 이렇게 맞습니다.

감사합니다.

대한민국 100년(2018) 11월 23일

대한민국임시정부기념사업회 회장 김자동

국립대한민국임시정부기념관 건립위원회 위원장 이종찬

차례

해제

한시준

단국대학교 사학과 교수

'독립운동가'와 '시(詩)', 그 만남을 어색하다고 느낄 수 있다, 어울리지 않는다고 생각할 수도 있다. 그렇지만 독립운동가들도 시를 썼고, 이를 발표했다. 독립운동 과정에서 발행된 많은 신문과 잡지에 그들이 쓴 시가 실려 있다.

독립운동 과정에서 많은 신문과 잡지가 발행되었다. 중국 관내 지역만 해도 ≪독립신문≫·≪혁명공론≫·≪진광≫·≪민족혁명≫·≪남화통신≫·≪조선의용대≫·≪한민≫·≪한국청년≫·≪광복≫ 등 74종에 이른다. 이 외에 연해주에서 발행된 ≪해조신문≫·≪권업신문≫, 미주에서 발행된 ≪신한민보≫·≪국민보≫·≪독립≫ 등 독립운동 전선에서 발행된 신문과 잡지는 수없이 많다. 여기에 적지 않은 시들이 실려 있다. 하지만 이를 정리해 자료집으로 펴낸 적은 없었다. 이 자료집은 그 첫 작업으로, ≪독립신문≫에 실린 시를 정리한 것이다.

≪독립신문≫은 대한민국 임시정부에서 발행한 신문이다. 말하자면 대한민국 임시정부의 기관지다. 대한민국 임시정부는 1919년 4월 11일 중국 상해에서 수립되었고, 수립 이후 활동을 시작하면서 신문을 발행했

다. 신문의 발행은 내무총장 안창호가 주도했다. 안창호는 5월 말 상해에 도착해 내무총장과 국무총리를 겸직하면서, 임시정부 수립 초기의 활동을 주도한 인물이다. 그는 임시사료편찬위원회를 구성해 국제연맹에 제출할 『한일관계사료집』 편찬을 시작하면서, 신문의 발행도 추진했다.

안창호는 미주에서 활동할 때 공립협회를 조직하고, 그 기관지로 ≪공립신보(共立新報)≫를 발행한 경험이 있었다. 안창호가 신문 발행을 발의하자 김석황(金錫璜)·이유필(李裕弼)·조동호(趙東祜) 등이 이에 찬동해 지원했다. 창간을 위한 준비는 이광수(李光洙)·이영렬(李英烈)·조동호(趙東祜)·주요한(朱耀翰) 등이 맡았다. 이들은 신문 발행에 필요한 국한문 활자를 주조하고 문선 등을 준비했으며, 발행 기구로 독립신문사를 창립했다.

독립신문사 사장인 이광수는 편집국장도 같이 맡았다. 영업부장은 이영렬, 출판부장은 주요한이 맡았다. 그리고 조동호·차리석(車利錫)·박현환(朴賢煥)·김여제(金輿濟) 등이 기자로 참여했다. 운영 자금은 김석황이 상당히 많은 돈을 지원한 것으로 알려져 있고, 임시정부 재무부에서도 보조금이라는 명목으로 지원했다. 창간호는 1919년 8월 21일에 발행되었다. 창간 당시 제호는 ≪獨立(독립)≫이라 했고, 국한문판으로, 화요일·목요일·토요일 주 3회 발행했다.

≪독립≫이라는 신문을 발행하는 이유와 사명을 창간사에서는 이렇게 언급하고 있다. 문명인의 생활에 언론기관이 필요하기도 하지만, 무엇보다도 "擧國一致(거국일치)하야 光復(광복)의 大事業(대사업)을 經營(경영)하는 此際(차제)를 當(당)하야 이는 더욱 緊要(긴요)함을 覺(각)하도다"라고 하여, 온 국민이 하나 되어 독립운동을 전개하는 데 신문이 필요하다고 밝히고 있다. 더불어 신문이 수행해야 할 사명으로 사상 고취와 민심 통일, 사업과 사상 전파, 여론 환기, 신사상 소개, 국사와 국민성의

고취와 신국민 창조를 위한 노력 등 다섯 가지를 밝혔다.

1919년 10월 25일 자로 발행된 제22호부터 창간 당시 제호인 ≪獨立(독립)≫을 ≪獨立新聞(독립신문)≫으로 바꾸고, 1924년 1월 1일 자로 발행한 제175호부터는 한글 제호(독립신문)만 사용했다. 신문의 판형은 세로 33.5cm, 가로 23.4cm로 요즘의 타블로이드판보다 작다. 보통은 매 호 4면으로 발행되었고, 국한문 혼용으로 띄어쓰기 없이 세로쓰기를 적용했다.

발행 부수는 정확히 알려져 있지 않다. 다만 창간 초기에는 2000부 정도 발행해 이 중 약 600부를 상해에 배포했고, 나머지는 국내를 비롯해 만주·연해주·미주 등지에 보낸 것으로 알려져 있다. 하지만 이보다 훨씬 많은 부수가 발행되었다는 기록도 있다. 일제 측 보고에 따르면 2만 부를 인쇄해 황해도에 1만 부, 평안남도에 4000부를 배포할 예정이었다고 한다.

발행한 신문은 상해와 중국 관내 지역을 비롯해, 국내와 만주·연해주·미주 등지에 배포되었다. 만주·연해주·미주 등 해외에 거주하는 동포들에게는 주로 우편으로 발송되었고, 국내 배포는 연통제와 교통국이 이용되었다. 임시정부는 수립 직후부터 국내의 국민들과 연계하기 위해 내무부 산하에 연통제, 교통부 산하에 교통국이라는 조직망을 두고, 특파원을 파견해 운영했다. ≪독립신문≫은 특파원들이 가지고 들어가 국내의 비밀 조직을 통해 국민들에게 배포했다.

≪독립신문≫은 1919년 8월 21일 창간호가 발행된 이래, 1926년 11월 30일 제198호까지 발행되었다. 198호를 발행하기까지 많은 어려움이 있었다. 일제의 압력으로 프랑스 조계 당국이 신문사의 폐쇄를 요구한 경우도 있었고, 재정적인 어려움도 수차례 겪었다. 신문사를 운영하던 인사들이 변절해 떠나기도 했다. 이런 이유로 정한 날에 발행하지 못한 경우가 많았고, 운영자도 여러 번 바뀌었다.

신문 발행을 시작한 지 두 달 만에 첫 번째 어려움이 닥쳤다. 프랑스 조계 당국이 독립신문사에 폐쇄 조치를 내린 것이다. 프랑스 조계 당국은 공개적으로 활동하지 않는다는 조건으로 대한민국 임시정부의 수립을 승인했다. 그러나 임시정부는 수립 후 이 약속을 어겼다. 청사에 태극기를 게양했을 뿐만 아니라, 당시 상해에서 발행되고 있던 일본 신문인 ≪상해일일신문(上海日日新聞)≫의 기자가 취재를 요청하자 이를 허락하기도 했다. 일본인 기자는 임시정부의 존재는 물론이고, 청사 내부에까지 들어가 취재하고, 이를 신문에 보도했다.

프랑스 조계 당국은 1919년 10월 17일 임시정부 청사를 폐쇄하라고 명령했다. 임시정부 측이 약속을 어긴 것도 있지만, 임시정부의 존재와 실상을 파악한 일본상해총영사관에서 압력을 넣었기 때문이다. 폐쇄 명령은 단호했다. 48시간 내에 모든 집기와 깃발을 없애고, 임시정부 청사를 완전히 폐쇄하라는 것이었다. 이때 독립신문사의 폐쇄 명령도 같이 내려졌다.

프랑스 조계 당국의 명령으로 임시정부는 거처를 옮기게 되었고, 독립신문사도 다른 곳으로 옮겨갔다. 이후 임시정부는 요인들의 거주지에서 사무를 보면서, 청사의 존재를 드러내지 않고 활동했다. 독립신문사도 마찬가지였다. 폐쇄 조치를 당한 지 일주일 만인 1919년 10월 25일 제22호를 발행했다. 제22호를 발행하면서 신문의 제호를 ≪獨立(독립)≫에서 ≪獨立新聞(독립신문)≫으로 바꾸었다. 이후에도 일제의 압력과 프랑스 조계 당국의 제재를 여러 차례 받았다.

재정적 어려움도 신문의 정기적 발행을 어렵게 만들었다. 창간 당시 김석황(金錫璜)을 비롯해 유일해(柳逸海)·차필성(車必成)·최동오(崔東旿)·김교원(金敎元) 등이 찬조하고, 임시정부 재무부에서 보조금을 받기도 했다. 그렇지만 적립된 자본금도 없었고, 구독료도 거의 걷히지 않았다. 신문 발행을 거듭할수록 재정 상태는 나빠졌다. 직원들의 숙식은 해결

할 수 있었지만, 봉급을 지급할 수 없었고, 신문 제작과 발송에 필요한 경비를 마련할 수 없을 때가 많았다.

신문을 발행하던 인사들이 변절해 떠나면서 큰 어려움을 겪기도 했다. 1921년에 신문 발행의 주역인 인사들이 연이어 떠났다. 4월에는 사장과 편집국장을 맡고 있던 이광수가 애인 허영숙(許英肅)과 함께 귀국했고, 출판부장 주요한은 학업을 위해, 기자 박현환은 부친상을 당해 귀국했다. 이들이 떠나면서 간부로는 영업부장 이영렬만 남게 되었다. 이런 상황에서 1921년 6월 9일, 신문을 인쇄하던 삼일인쇄소(三一印刷所)를 폐쇄하라는 프랑스 조계 당국의 명령이 내려졌다. 이 때문에 신문은 다시 정간될 수밖에 없었다.

이광수와 주요한 등이 떠나면서 정간되었던 ≪독립신문≫을 다시 발행한 인물이 김승학(金承學)이다. 김승학은 서간도의 광복군사령부(光復軍司令部)에서 활동하던 인물로, 독립신문사와 인연이 있었다. 1920년 5월 독립신문사가 재정적 어려움을 타개하고자 주식회사 형태로 바꾸었을 때, 여기에 참여한 것이다. 무기를 구입하기 위해 상해에 와 있던 김승학은 함께 온 신우현(申禹鉉)·장기초(張基礎) 등과 함께 독립신문사에 거금을 출자한 적이 있었다.

김승학이 독립신문사 사장을 맡으면서, 신문은 다시 발행되었다. 김승학은 서간도에 기반을 둔 통의부(統義府)의 재정적 지원을 받아 신문사를 운영했고, 비밀리에 신문을 발행했다. 채찬(蔡燦, 白狂雲)과 장기초 등 서간도에서 활동하던 통의부 인사들이 후원한 것으로 알려져 있다. 특히 채찬은 독립신문사에 200원을 기부했고, 통의부에서는 지방자치세 중에 ≪독립신문≫ 보조비로 매 호당 5전을 부과해 지원했다.

김승학은 비밀리에 신문을 발행했다. 인쇄소와 발행 기구는 중국인 명의로 할 것, 신문 발행처의 주소를 다른 지방으로 할 것, 신문사나 인쇄소

위치는 한국인들도 알지 못하게 할 것 등을 방침으로 정해놓았다. 실제로 발행처를 상해가 아닌 다른 곳으로 표기했다. 1921년 10월 5일 자로 발행된 제111호부터 "Published in Nanking, China"라고 하여 상해가 아닌 남경으로 표기한 것이다.

김승학은 신문을 발행하기 시작하면서, 주필로 윤해(尹海)를 초빙했다. 윤해는 연해주에서 활동하다가 고창일(高昌一)과 함께 대한국민의회 대표로 뽑혀 파리강화회의에 파견되었던 인물이다. 윤해가 1921년 말 상해에 도착하자, 그를 주필로 초빙한 것이다. 이후 윤해는 상해에서 개최된 국민대표회의에 부의장으로 선임되어 창조파의 대표적인 논객으로 활동하다가, 1923년 2월 주필직에서 물러났다.

김승학은 국한문판 ≪독립신문≫을 발행하면서, 별도로 중문판도 발행했다. 중문판은 1922년 7월 20일에 창간되었다. 중문판을 발행한 것은 중국인들에게 한국 독립의 당위성을 알리고, 일본은 한중 양국의 공동의 적이라는 것과 한중 양 민족은 공동의 적과 함께 싸워야 한다는 것을 선전하기 위한 것이었다.

중문판 발행은 별도의 조직을 통해 이루어졌다. 박은식(朴殷植)이 주필을 맡았고, 장묵지(張墨池)·이동원(李東園) 등 중국인들을 기자로 채용해 발행했다. 중문판은 중국의 관공서, 사회단체, 교육기관 등에 무료로 배부되었다. 중문판을 별도로 발행해 무료로 배포할 수 있었던 것은 서간도의 채찬과 통의부의 재정적 지원이 있었기에 가능했다.

중문판은 1922년 7월 20일 창간호가 나온 이래, 1924년 3월까지 발행되었다. 이 동안 모두 40호 정도가 발행되었을 것으로 보이지만, 현재 남아 있는 것은 창간호, 2호, 5호, 6호, 11호, 12호, 23호, 36호, 37호 부록 등 9개 호뿐이다. 현재 남아 있는 중문판의 발행 일자를 살펴보면, 중문판은 2주에 한 번 발행된 것으로 보인다.

국한문판과 중문판을 동시에 발행할 때, 신문사에 관여한 인물도 적지 않았던 것 같다. 사장이던 김승학의 회고록에 의하면, 주필은 박은식, 편집국장은 차리석, 인쇄부장은 고준택(高俊澤), 발송부장은 백기준(白基俊)이었으며, 조동호·김문세(金文世)·박영(朴英)·이윤세(李允世)가 기자였다고 한다. 그러나 일본 측 자료의 설명은 이와는 조금 다르다. 독립신문사 사원 김병구(金炳九)를 체포해 신문한 일제의 기록에 따르면, 주간은 김승학, 주필은 박은식, 기자는 강필주(姜弼周), 편집은 신두식(申斗植), 인쇄부원으로 고용환(高容煥)과 조동호가 있었고, 그 외에 이동렬(李東烈)·최근우(崔謹愚)·백성욱(白性郁)·유병기(柳炳基)·나재민(羅在玟)·장만호(張萬鎬)·김영택(金永澤)·김병구(金炳九) 등이 사원이었다고 한다.

1924년 말 독립신문사에 변화가 있었다. 김승학이 사퇴하고, 박은식이 사장을 맡은 것이다. 이러한 변화는 채찬의 살해 사건이 주요인이었다. 채찬은 서간도 통의부에서 활동하며 ≪독립신문≫ 발행을 재정적으로 지원하던 인물이다. 그가 1924년 9월 13일 통의부 제6중대장 문학빈(文學彬)에게 살해당한 것이다. 이는 통의부 내 복벽파와 공화파 사이의 불화 때문이었다. 복벽파인 전덕원(全德元)은 통의부를 이탈해 의군부(義軍府)를 결성했고, 공화파인 채찬은 통의부의 주요 병력을 이끌고 대한민국 임시정부를 지지하며 육군주만참의부(陸軍駐滿參議府)를 결성했다. 이 과정에서 채찬이 살해된 것이다.

이 사건으로 ≪독립신문≫과 통의부 사이에 갈등이 일어났다. ≪독립신문≫에서는 통의부가 "同族戰爭(동족 전쟁)으로 專業(전업)", "통의부에 倭伏(왜복)이 있다"며 비난했고, 통의부에서는 임시정부에 대한 반대 운동과 더불어 ≪독립신문≫ 구독을 금지하는 운동을 전개했다. 당시 ≪독립신문≫의 발행은 통의부의 재정 지원에 크게 의존하는 실정이었다. 김승학은 이에 대한 책임을 지고 사퇴한 것으로 보인다.

김승학이 사퇴한 후, 독립신문사는 사장 박은식과 주필 빈광국(賓光國), 경리 최천호(崔天浩) 등으로 임원진을 다시 결성했다. 그러나 ≪독립신문≫은 순조롭게 발행되지 못했다. 사장 박은식이 1924년 12월 11일 임시정부 국무총리 겸 대통령대리로 취임했고, 1925년 3월 이승만 대통령이 탄핵된 후에는 제2대 대통령으로 선출된 것이 큰 이유였다. 또 앞서 말한 대로 통의부의 내분으로 자금 지원이 제대로 이루어지지 않았던 이유도 있다. 1925년에는 1년 동안 4개 호만 발행되었다.

신문 발행에 어려움을 겪자, 임시정부에서는 신문사의 진용을 다시 갖추었다. 1926년 1월 최창식(崔昌植)을 주간, 김이대(金履大)를 편집, 김붕준(金朋濬)을 경리로 임명했다. 이들에 의해 1926년 1월 1일 제191호가 발행되었다. 그러나 재정적 어려움은 해결되지 않았고, 신문도 제대로 발행되지 못했다. 결국 1926년 11월 30일 발행한 제198호를 끝으로, ≪독립신문≫의 발행은 중단되고 말았다.

≪독립신문≫이 다시 간행된 것은 중경(重慶)에서였다. 임시정부는 1932년 4월 윤봉길 의사의 의거 이후 상해를 떠난 이래, 항주(杭州)·진강(鎭江)·장사(長沙)·광주(廣州)·유주(柳州)·기강(綦江) 등지를 거쳐 1940년 중경에 정착했다. 중경에 정착한 이후 임시정부는 조직을 확대 개편했고, 1943년 4월에는 대내외 선전 활동을 위해 선전부를 두었다. 선전부에서 ≪독립신문≫을 다시 발행한 것이다.

1943년 6월 1일 창간호를 발행했다. 제호는 상해에서 발행한 것과 같이 ≪독립신문≫이라고 했고, ≪독립신문≫이라는 제호 아래 "中文版創刊號(중문판창간호)"라고 병기했다. '중문판 창간호'라고 한 것은 중문판의 ≪독립신문≫을 새로 창간했다는 뜻으로 보인다. 임시정부는 상해에서 이미 중문판을 발행한 적이 있었다. 상해에서 중문판을 발행한 데 이어 중경에서 다시 중문판을 발행한 것이다.

중문판으로 발행한 데는 이유가 있었다. 창간사에서 "한국과 중국의 연합 전선을 확대하고 원조를 확보하기 위해 국내 인민의 반일 투쟁과 임시정부의 활동, 한국의 역사와 문화 등을 중국인들에게 알려야 한다"고 한 것이 그 이유였다. 중경에서 활동하던 임시정부의 중요한 과제는 중국국민당 정부로부터 재정적 원조와 독립운동에 대한 지원을 얻는 것이었고, 중국과 함께 대일 항전을 추진하는 것이었다. 중국 정부와 중국의 주요 인사들을 상대로 선전 활동이 필요했고, 이를 위해 중문판 ≪독립신문≫을 발행한 것이다.

창간호를 발행하였지만, 중문판 ≪독립신문≫은 정기적으로 발행되지 못했다. 그 이유는 정확히 알 수 없지만, 선전부는 1944년 정기 임시의정원 회의에서 "창간호를 출판한 후 제반 곤란한 사정으로 인하여 정간되었던 바 26년 8월 15일에 제2호를 발간"했다고 보고했다. 1943년 6월 1일 창간호를 발행한 후 정간되었다가 1944년 8월 15일에 제2호를 발행한 것이다. 이후 1945년 7월 20일까지 중문판 ≪독립신문≫은 모두 7호가 발행되었다.

대한민국 임시정부에서 발행한 ≪독립신문≫은 상해에서 발행한 국한문판과 중문판, 중경에서 발행한 중문판 이렇게 세 종류이다. 상해의 국한문판은 1919년 8월 21일 창간호를 발행한 이래 1926년 11월 30일까지 모두 198호, 상해의 중문판은 1922년 7월 20일 창간호를 발행한 이래 1924년 3월까지 모두 40호 정도, 중경의 중문판은 1943년 6월 1일 창간호를 발행한 이래 1945년 7월 20일까지 모두 7호가 발행되었다.

≪독립신문≫은 그 전체가 온전히 전해지지 않고 있다. 그동안 ≪독립신문≫을 수집하고, 이를 영인해 자료집으로 편찬하는 작업이 진행되었다. 1969년에 중앙문화출판사에서 처음으로 영인한 이래, 1986년 독립기념관에서 상해의 국한문판을 영인했다. 2005년에는 국사편찬위원

회에서 『대한민국임시정부자료집』을 편찬·간행하는 사업을 추진하면서, 상해와 중경의 중문판을 수집·보완해 부록으로 펴냈다. 이후 2016년 대한민국역사박물관에서 그동안 알려지지 않았던 국한문판 9개 호 중 5개 호를 수집해 중문판과 함께 영인·출판했다. 이로써 국한문판 198호 중 194개 호, 상해의 중문판 40호 중 9개 호, 중경의 중문판 7호 중 6개 호 등을 볼 수 있게 되었다.

≪독립신문≫의 체제와 시

≪독립신문≫의 지면은 총 4면이다. 4면의 체제나 구성이 일정하지는 않지만, 크게 보면 사설을 비롯해 임시정부와 임시의정원 관련 기사, 국내외의 독립운동 관련 소식, 외보(外報)와 내보(內報), 시사(時事) 문제, 소설·일기·역사 등을 주제로 한 연재물, 투고문과 광고 등으로 이루어져 있다. 이와 더불어 지면을 차지하고 있는 것이 있었다. 축시(祝詩)·한시(漢詩)·추도시(追悼詩)·감상시(感想詩) 등 각종 시와 독립군가·추도가를 비롯한 시가들이다.

가장 많은 지면을 할애하고 있는 것은 임시정부와 임시의정원의 기사이다. 별도의 난을 두지는 않았지만, 임시정부에서 제정·공포한 헌법이나 법령, 관제, 국무원과 각 행정부서에서 발표하는 포고문, 정부의 인사 및 발령 사항, ≪대한민국임시정부공보(大韓民國臨時政府公報)≫, 3·1절 기념행사를 비롯해 각종 기념식 등을 그때마다 보도했다. 임시의정원과 관련한 내용은 '임시의정원 기사(記事)'란을 별도로 두었다. 여기에 임시의정원 소식은 물론이고, 임시의정원 회의가 개최될 때마다 회의록을 게재했다.

국내외 독립운동 소식도 많은 지면을 차지하고 있다. 특별히 '독립운동일지(獨立運動日誌)'·'독립운동상황(獨立運動狀況)'·'독립군소식(獨立軍消息)'이라는 난을 두어, 국내외에서 전개되는 독립운동 상황을 정기적으로 보도했다. 그리고 국내와 만주·연해주·미주 등지에서 독립운동이 전개되거나 사건이 일어날 때마다 현지에서 통신을 받아 관련 기사를 내보냈고, 독립운동가의 피체와 재판 등에 관한 기사 등도 실었다.

외보(外報)와 내보(內報)라는 난을 마련해 매 호 국내외의 소식을 전했다. 예를 들면 외보에는 국제연맹 관련 소식을 비롯해 "남아독립운동(南阿獨立運動)"·"미대통령의 용태(容態)"·"시베리아 노동정부 현황"·"러시아 군대가 체코의 콜착(A. Kolchak) 제독을 총살하였다"는 등의 기사를 싣고 있다. 내보에는 국내 각지에서 일어난 독립운동 관련 소식을 비롯해 조선총독부의 정책과 움직임 등에 대한 기사를 싣고 있다.

시사 문제 또한 일정한 난을 만들어 실었다. 매 호는 아니지만, '시평(時評)'·'시사단평(時事短評)'·'시사만평(時事漫評)'이라는 난을 만들어 시사적으로 중요한 문제가 있을 때마다 보도와 논평을 실었다. 예를 들면 "서간도 동포들이 일제 경찰의 인구조사를 거절"했다는 기사를 싣고 이를 논평하거나 「임시의정원에서 미국 워싱턴에 있는 대통령에게 상해 부임을 요구하는 결의안」을 제출했다고 전하며 이에 대해 의견을 적었다.

또 다른 고정란으로는 소설을 연재한 난이 있었다. 발간 초기에는 '문예란(文藝欄)'을 따로 두어 「피눈물」이라는 소설을 연재했다. 이후 '문예란'이라는 표기는 하지 않았지만, 연재물은 계속 실었다. 「여학생 일기(女學生 日記)」·「여시관(如是觀)」·「의총(義塚)」·「북간도(北墾島) 그 과거(過去)와 현재(現在)」·「아라사혁명기(俄羅斯革命記)」·「국가(國家)」·「아령실기(俄領實記)」 등을 비롯해, 대니얼 페퍼(Daniel Pepper)의 저술을 번역한 「한국독립운동(韓國獨立運動)의 진상(眞相)」이 대표적인 연재물이다.

이 외에도 독립운동가들의 생활상이나 사상 등을 비판하거나 꼬집는 '군소리'라는 난을 만들어 한동안 유지했다.

이러한 것들과 더불어 ≪독립신문≫에는 적지 않은 시와 시가가 실려 있다. 시를 소개하는 난을 별도로 만들지 않고, 기사 중간에 적절히 배치해 수록했다. 1면에 시를 실은 경우도 있고, 2면·3면·4면에 실려 있기도 하다. 난을 따로 만들어 실은 경우도 있었다. 1922년 5월 20일 발행된 제126호부터는 '시세계(詩世界)'라는 별도의 난을 만들어 1면에 배치했다. 이런 구성은 1922년 10월 12일에 발행된 제142호까지 계속되었다.

≪독립신문≫에 실린 시의 내용은 다양하다. 대표적인 것 중 하나가 '축시(祝詩)'이다. '축시'는 ≪독립신문≫ 창간, 신년(新年), 3·1절 등을 맞아 이를 축하하기 위해 지은 시를 말한다. ≪독립신문≫이 창간되었을 때 「祝獨立報創刊(축독립보창간)」·「祝獨立報(축독립보)」 등을 비롯해, 「祝賀獨立新聞(축하독립신문)」·「祝獨立新聞(축독립신문)」·「敬祝獨立新聞(경축독립신문)」 등의 시들을 실었다. 새해를 맞이할 때도 신년을 축하하는 시들을 싣고 있다. 「새해」·「恭祝獨立之新年(공축독립지신년)」·「新年大祝(신년대축)」·「새해의 생각」·「新年有感(신년유감)」·「새해노래」·「新年(신년)에 全國同胞(전국동포)의게」 등이 그것이다. 3·1절을 맞을 때도 많은 시를 실었다. 「三月一日(삼월일일)」·「三月(삼월) 初(초)하로」·「三月一日獨立宣言四頭詩(삼월일일독립선언사두시)」·「三月一日(삼월일일) 새박에」·「三一節有感(삼일절유감)」·「三一節詩(삼일절시)」·「三一節所感(삼일절소감)」 등이 그러한 예이다.

'추도시'와 '추도가' 등도 적지 않았다. '추도시'와 '추도가'는 죽은 사람을 생각하고 기리며 쓴 시와 노래를 말한다. 독립운동 과정에서 많은 독립운동가들이 죽거나 죽임을 당했다. 1920년 4월 11일 상해에서는 동오(東吾) 안태국(安泰國) 선생이 서거했다. 안태국은 신민회 간부로 활동하다가 105인 사건에 연루되어 7년간 투옥되었던 인물로, 독립운동의 주요 지도자였다. 그가 출옥 후 상해로 갔다가 그곳에서 서거한 것이다. 이때 임시정부에서 활동하던 인사 대부분이 그의 죽음을 애도하면서 함께 '애사(哀詞)'를 지었다. 이를 비롯해 「哭東吾先生(곡동오선생)」·「故東吾安泰國先生(고동오안태국선생)의 무덤을 차즈면서」 등의 추도시들이 실려 있다.

경신참변에서 희생된 동포들과 강우규(姜宇奎) 의사를 기리는 추모시도 있다. 봉오동전투와 청산리전투에서 크게 패한 일본군은 1920년 말 만주 일대에 거주하는 동포들을 무참히 학살하는 만행을 저질렀고, 이때 약 3000명에 달하는 동포들이 희생되었다. 이 소식을 듣고 임시정부와 상해에 거주하고 있던 교민들이 전쟁 중에 사망한 장사들과 경신참변으로 희생된 동포들, 강우규 의사에 대한 추모식을 거행했다. 이때 전쟁 중 사망한 장사들을 추모하는 「輓詞(만사): 陣亡將士(진망장사)에게」, 강우규 의사를 추모하는 「輓詞(만사): 姜義士(강의사)에게」, 경신참변으로 희생당한 동포들을 추모하는 시 「三千(삼천)의 怨魂(원혼)」·「間島同胞(간도동포)의 慘狀(참상)」과 추모식 때 부른 「(경신참변에 희생당한 동포들을 위한 노래)」 등이 실렸다.

채찬이 살해되었을 때도 추도시를 실었다. 채찬은 서간도에 근거를 둔 통의부 간부로, ≪독립신문≫을 발행하는 데 재정적으로 크게 공헌한 인물이다. 그가 1924년 9월 13일 통의부 간부에 의해 살해되었다. ≪독립신문≫에는 그의 사망 소식과 함께 통의부를 비난하는 기사가 연이어 실렸고, 그의 죽음을 애도하며 여러 인사들이 함께 쓴 「추도시(追悼詩)」와 「채장군(蔡將軍)을 욺니다」가 게재되었다.

이 외에도 많은 추도시와 추도가가 있다. 서로군정서(西路軍政署) 의용대(義勇隊)에서 전사한 대원을 추모하며 불렀던 「追悼歌(추도가)」를 비롯해, 국내에 특파원으로 파견되었다가 일제 경찰에 체포되어 순국한 최성순(崔聖楠)을 추모한 「弔崔聖楠君(조최성순군)」, 1920년 4월참변으로 희생된 연해주 지역의 지도자이자 임시정부 재무총장이던 최재형(崔在亨)을 추모한 「哀崔總長死節(애최총장사절)」 등이 있다.

가네코 후미코(金子文子)가 옥중에서 죽었다는 소식을 듣고 발표한 「嗚呼文子(오호문자)」라는 시도 있다. 가네코 후미코는 박열(朴烈)의 애인으로, 그와 옥중 결혼을 한 것으로 알려진 일본인 여인이었다. 1923년 그녀는 박열과 함께 일왕 암살을 도모했다는 명목으로 체포·투옥되었고, 1926년 7월 23일 옥중에서 의문의 죽임을 당했다. 그 소식을 듣고 필명이 '노미아비'라는 이가 추모시를 써 ≪독립신문≫에 실렸다.

'시가'도 적지 않다. 1919년 9월 11일 상해, 연해주, 국내에서 수립된 세 임시정부가 통합을 이루어 새롭게 대한민국 임시정부를 구성했을 때 불렀을 것으로 보이는 「大韓民國臨時政府成立祝賀歌(대한민국임시정부성립축하가)」를 비롯해, 새해를 축하하는 「祝大韓新年歌(축대한신년가)」, 「新年祝賀歌(신년축하가)」 등이 실려 있다. 이 중 「신년축하가」에는 애국가율(愛國歌律)이라는 설명이 붙었는데, 애국가 곡조였던 것으로 보인다. 애국가와 비슷한 가사의 「半島歌(반도가)」, 개천절에 부른 것으로 보이는 「神歌(신가)」, 1923년 상해에서 국민대표회의가 개최되었을 때 부른 「國民代表會祝賀歌(국민대표회 축하가)」, 8월 29일 국치일에 불렀던 「國恥歌(국치가)」 등이 있다.

상해로 망명한 인사들이 망명하며 지은 시도 있다. 홍진(洪震)과 김가진(金嘉鎭)의 시가 그러하다. 홍진은 「3·1 독립선언」이 발표된 직후 국내에서 한성정부의 수립을 주도했던 인물로, 1919년 4월 한성정부 조직안을 가지고 상해로 망명하면서 「渡鴨綠江(도압록강)」이라는 시를 지었다. 김가진은 대한제국의 대신을 지내고 국내에서 비밀결사로 조직된

대동단 총재를 맡고 있던 인물로, 1919년 10월 상해로 망명했다. 이들의 시는 모두 한시로 지어졌고, 김가진의 시는 제목이 없다.

거사를 위해 떠나며 쓴 시도 있다. 김지섭이 쓴 「舟中(주중)」과 「新年(신년)」이 그것이다. 김지섭은 일왕을 처단할 목적으로 일본에 가서, 1924년 1월 5일 일본 궁성으로 들어가는 니주바시(二重橋)에 폭탄을 투척한 인물이다. 그가 배를 타고 일본으로 가며 쓴 시가 「주중」이고, 일본에 가서 새해를 맞아 쓴 시가 「신년」이다.

옛 선인들이 쓴 시도 실려 있다. 포은(圃隱) 정몽주(鄭夢周)의 「一片丹心(일편단심)」, 충무공(忠武公) 이순신(李舜臣)의 「閑山島(한산도)」, 제목은 없지만 김종서(金宗瑞)의 "白頭山(백두산)에 놉히 안저 압뒷 들 굽어보니"로 시작되는 시와 "壁上(벽상)에 칼이 울고 가슴에는 피가 뛴다"로 시작되는 '실명(失名)' 시 등 4편이다.

작가의 감정과 서정을 담은 '감상시'도 실려 있다. 조국이 망한 설움과 동포들의 희생에 대한 안타까움, 독립을 향한 의지와 다짐, 조국에 대한 찬미, 해방에 대한 희망, 타향살이의 어려움과 고향에 대한 그리움, 독립운동가들의 생활상과 애달픔 등을 표현한 시도 적지 않다.

그중에는 망국의 설움을 노래하는 시가 많다. 매년 8월 29일이 되면, 임시정부는 국치를 잊지 않기 위해 행사를 열고, ≪독립신문≫에 국치에 관한 글과 시를 실었다. 조국을 어머님에 빗대어 조국이 망한 날의 상황을 어머님이 돌아가신 것으로 표현한 「어머님 가시던 날」, 추석을 맞아 달에게 우리 아우와 누이는 얼마나 울더냐고 물으며 나라 잃고 집 잃은 설움을 한 잔 술로 쓸어버리자는 「秋夕(추석)」 등이 그것이다.

동포들의 희생에 대한 안타까움을 표현한 시도 적지 않다. 독립군이나 독립운동가들의 희생을 애도하는 추도시 외에도, 무고한 동포들이 희생당한 소식을 듣고 애달픔을 표현한 시도 실려 있다. 수원 화수리(花樹

里)에서 일제의 총격으로 3형제가 희생당한 사건을 안타까워하는 「大韓(대한)의 누이야 아우야」, 독립운동을 하다가 감옥에 갇힌 한 집안의 사정을 묘사한 「웬일이냐」 등이 그것이다.

독립에 대한 의지를 다짐하는 내용의 시들도 있다. 눈물을 가다듬고 일어섰노라며 기다리는 새벽이 빛과 함께 올 것이니 나라의 한아버지에게 우리를 보아달라는 내용의 「오오 나라의 한아바지들」, 대한사람들이 일어나 태극기를 지키고 대한나라를 지키자는 내용의 「太極旗(태극기)」, 나라 잃고 먹을 것, 입을 것 없이 시베리아와 남북 만주로 방랑에 방랑을 계속하지만 결국은 그 대가로 자유의 월계관을 쓰게 될 것이라는 「漂浪(표랑)」, 일제를 앵두꽃에 비유해 봄 동산에 앵두꽃이 활짝 피고 그 향기를 좇아 춤추는 나비들을 향해 찬 눈 내리는 때 보자고 하는 「잉도꼿」, 지금은 그림자조차 보이지 않지만 산 넘고 물 건너 쉼 없이 찾아다녀 기어코 보배를 찾겠다는 「이러진 보배」 등이 그것이다.

조국을 찬미하는 시도 있다. 우리의 모든 생활의 본원(本源)은 내 나라라고 하면서 "내 나라는 나의 생명이요 영원히 내 사랑"이라고 한 「아아 내 나라」, "偉大(위대)할사 나의 祖國(조국)아"라며 조국이 나의 유일한 희망이요 기쁨이 된다는 내용의 「祖國(조국)」, 조국을 임에 비유해 임을 그리워하는 「그리운 님」 등이 그것이다.

독립군과 감옥에 갇힌 이들, 동포들이 겪는 고통을 애달파하는 시도 있다. 바람을 향해 만주 벌판, 흑룡강 골짜기, 인왕산 밑에는 불지 말라고 기원한 「져 바람소리」, 비를 향해 만주 벌판에서 활동하는 독립군과 철창에 갇힌 지사들을 위해 내리지 말라 하는 「져 비(雨) 보아라」, 춘하추동 사계절에 독립군을 위해 비와 바람을 불지 않게 해주고, 앞길을 밝혀달라는 「四時歌(사시가)」, 땅 없고 집 없고 옷 없고 먹을 것 없이 고통을 겪는 동포를 생각하는 「우리의 身勢(신세)」 등이 그것이다.

고향에 대한 생각과 그리움을 표현한 시도 있다. 타향에서 꽃피고 새 우는 것을 보며 고향의 꽃이 눈에 선하고 고향의 새소리가 귀에 울려 가슴이 터지려 한다는 「鄕愁(향수)」, 꿈속에서 고향의 금강산을 보았다는 「꿈에 金剛山(금강산)을 보고」, 북만주에서 활동하던 이가 온천지가 눈 속에 잠긴 것을 보면서 고향의 동치미 국수를 생각하는 「북만의 눈」, 술에 취한 채 잠을 빌려 꿈속에서 임(고국)의 품에 안겨보고 싶다는 「고국을 글이고」 등이 그것이다.

한 집안의 비참한 일을 시로 쓴 것도 있다. 「鳳朝(봉조)와 德三(덕삼)」이라는 시인데, 이 시 속에서 아버지 봉조와 아들 덕삼은 상반된 삶을 산다. 아버지 봉조는 왜적의 밀탐으로 활동했고, 아들 덕삼은 독립군으로 활동했다. 아들은 일제에 잡혀 상해 일본영사관에서 순국했고, 아버지는 장춘(長春)에서 정의부 헌병대에 잡혀 총살당했다. "봉조는 독립군을 주기고 독립군에게 주것다. 덕삼은 왜적을 주기고 왜적에게 주것다"라고 하여 아버지와 아들의 엇갈린 삶과 운명을 상징적으로 보여준다.

이 외에 독립운동가들이 서로 의견을 달리하며 다투는 것을 비판한 「時局(시국)에 嘆(탄)하야」, 길림의 북산공원에 올라 송화강을 내려다보며 부여 민족이 개구리(일제)의 침입을 막지 못하고 도탄에 빠짐을 한탄하는 「北山游覽(북산유람)의 感想(감상)」, 공원에 갔다가 구걸을 청하는 거지를 보고 아무것도 줄 수 없어 황망해하며 거지의 손을 잡아주었다는 「乞人(걸인)」, 1920년 12월 이승만 대통령이 상해에 부임했을 때 이를 환영하는 「大統領歡迎(대통령환영)」 등의 시도 있다.

상해에서 발행한 국한문판과 중문판, 중경에서 발행한 중문판에 실린 시를 헤아려보니 모두 178편이다. 상해의 국한문판에 실린 시가 167편으로 가장 많다. 이 외에 상해 중문판에 10편, 중경의 중문판에 1편이 실려 있다.

작가

≪독립신문≫에 실린 시는 모두 178편이다. 이 중 151편의 시에는 작가 이름이 명기되어 있지만, 27편의 시에는 작가의 이름이 밝혀져 있지 않다. 시를 쓴 작가의 이름을 확인하고, 숫자를 헤아려보니 모두 129명이다. 한 사람이 여러 편을 쓰거나 1편에 여러 명이 이름을 올린 경우도 있다.

가장 많은 시를 쓴 인물은 주요한으로, 모두 10편이다. 다음으로는 이광수가 9편, 김여제와 김병조도 각각 8편을 발표했다. 반대로 「安泰國先生哀詞(안태국선생애사)」는 이동휘·이동녕 등 모두 16명이 함께 썼고, 「弔崔聖楠君(조최성순군)」에는 손정도(孫貞道)·이춘숙(李春塾) 등 6명의 이름이 올라 있기도 하다.

작가의 대부분은 한국인이지만, 외국인도 있다. 외국인으로는 중국인이 8명으로 가장 많다. 중국인들의 시는 주로 중문판에 실려 있다. 등가진(鄧嘉縉)·색비(索非)·장묵지(張墨池)·전읍사(錢揖士)·이봉각(李鳳閣), 하남여협(河南女俠)이라는 설명이 붙은 운운(雲雲)·오화생(吳華生) 등이 그들이다. 국한문판에 「韓國青年遺恨勿忘(한국청년유한물망)」을 발표한 장석산(張錫山)도 중국인이다. 미국인도 2명 있다. 『한국(韓國)의 진상(眞相)』이라는 책을 저술한 것으로 알려진 캘턴 월도 켄들(Calton Waldo Kendall)의 "니러나라 韓國(한국)이여"라고 시작되는 시가 번역되어 실려 있고, 중경의 중문판에는 사유사(史維士, Smith)가 1944년 1월에 ≪논단보(論壇報)≫에 발표한 「進步(진보)」라는 시를 주세민(周世敏)이 번역해 수록했다.

시를 발표한 한국인들은 크게 네 유형으로 분류할 수 있다. 첫째는 독립신문사 직원으로 ≪독립신문≫을 발행하던 인사들이며, 둘째는 『한

일관계사료집』의 편찬을 위해 임시사료편찬위원회에서 활동하던 인사들이고, 셋째는 대한민국 임시정부에서 활동하던 요인들, 넷째는 시를 투고한 일반 독자들이다. 이 외에 정포은(정몽주)·이충무(이순신)·김종서의 경우와 같이 옛 선인들의 시를 싣기도 했다. 상해를 비롯해 서간도·내몽고·북만주·연해주·일본·유럽 등 다양한 지역에서 활동하던 인사들이 투고했다.

작가의 표기는 그 방식이 다양했다. 춘산(春山) 이유필(李裕弼), 운정(云丁) 최창식(崔昌植), 청계(淸溪) 안정근(安定根), 도산(島山) 안창호(安昌浩), 해사(海史) 이영렬(李英烈), 춘정(春艇) 조덕진(趙德津)과 같이 호와 이름을 같이 쓰기도 했고, 김가진(金嘉鎭)·신상완(申尙玩)·박지붕(朴址朋)·김철(金澈) 등과 같이 본명만 사용한 경우도 있다. 그렇지만 대개는 호 또는 특별한 필명을 사용했다. 백암(白岩)·일재(一齋)·춘원(春園)·만호(晩湖)·소앙(素卬) 등이 그렇다. 송아지·큰못·망국아(兒)·다섯뫼·노미아비 등과 같이 특이한 필명을 사용한 경우도 많다. 이 외에 HG생(生)·케에취 등 영문 이니셜을 사용하기도 했다.

다양한 이름으로 발표했기 때문에 시를 쓴 작가가 누구인지 명확히 밝혀내기는 쉽지 않다. 본명을 사용한 경우는 별다른 문제가 없지만, 호(號)만을 사용한 경우에는 누구인지 정확히 밝힐 수 없는 경우가 더러 있다. 특이한 필명을 사용한 경우에도 대부분은 누구인지 확인이 되지만, '망국아(兒)'나 '노미아비'는 확인할 수 없었다. 영문 이니셜만 사용한 경우에는 더 어렵다.

본명을 사용해 누구인지 확인되는 경우를 제외하고, 호 또는 특이한 필명을 사용한 작가들을 대상으로 그가 누구인지 확인해보았다.

편수가 많은 작가부터 살펴보자. 10편을 발표한 주요한은 본명을 사용하지 않고, '송아지'·'목신(牧神)'·'요(耀)' 등의 필명을 썼다. 주요한은 ≪독립신문≫을 창간한 주요 멤버였고, 창간 당시 출판부장을 맡았던 인물이었다. '송아지'라는 필명에 대해서는 ≪동아일보≫에 발표한 「나의 아호」라는 글에서 직접 언급한 적이 있다. 이광수가 지어준 것이라고 한다. '목신'도 그의 필명이고, '요'라는 필명은 그의 이름 중 가운데 글자를 사용한 것이다.

9편을 발표한 이광수는 '춘원(春園)'이라는 호를 사용했다. 이광수는 ≪독립신문≫을 창간한 주역이었다. 창간 당시 사장과 편집국장을 맡았고, 1922년 4월 국내로 들어올 때까지 독립신문사를 운영했다. '춘원'이라는 이름으로 8편을 발표했다. 그리고 '춘'이라는 이름으로 발표된 「돈! 돈!」도 그의 작품으로 보인다. 이름의 가운데 글자 '春'을 필명으로 한 것이다.

'김여(金輿)'·'해일(海日)'이라는 필명으로 8편을 발표한 인물은 김여제(金輿濟)이다. 김여제는 이광수의 오산학교 제자로 1919년 5월 상해로 왔고, 임시사료편찬위원회 위원과 독립신문사에서 기자, 편집위원으로 활동했던 인물이다. '해일'이라는 필명으로 5편, '김여'라는 필명으로 3편을 발표했다. '김여'는 그의 이름에서 두 글자만 사용한 것이다. '해일'을 윤해(尹海)로 보는 경우도 있지만, 윤해가 상해에 온 것은 1921년 말이다. 윤해는 연해주에서 활동하다가 파리강화회의에 대표로 파견되었고, 1921년 말 파리에서 상해로 왔다.

'일재(一齋)'라는 필명으로 8편을 발표한 인물은 김병조(金秉祚)이다. 그의 호가 '일재'였다. 김병조는 임시사료편찬위원회 위원으로 『한일관계사료집』을 편찬하는 데 일익을 담당한 인물이었고, 이 작업을 하면서 수집한 자료를 토대로 『한국독립운동사략』을 저술하기도 했다. 그가 발표한 시는 대부분 한시이다. 「新年(신년)에 全國同胞(전국동포)의게」라는 시에는 '일재(一齋) 김병조(金秉祚)'라고 하여, 호와 본명을 사용했다.

'큰못', '쇠큰못'이라는 필명을 사용한 이는 김태연(金泰淵)이다. 김태연은 황해도 장연 출신으로, 상해에서 임시의정원 의원과 인성학교 교장으로 활동하던 인물이다. 그는 모두 4편의 시를 발표했다. 2편은 '용암(容庵) 김태연(金泰淵)'으로 적었고, 2편은 '큰못'·'쇠큰못'이라는 필명을 사용했다. '큰못'은 '泰淵'을 한글로 표현한 것이고, '쇠큰못'은 '金泰淵'을 한글로 풀어 사용한 것이다.

「輓詞(만사): 陣亡將士(진망장사)에게」, 「輓詞(만사): 姜義士(강의사)에게」를 쓴 신정(申檉)은 신규식(申圭植)이다. 신규식은 1911년 상해에 망명해 독립운동 기지를 개척한 대표적인 지도자였다. 임시정부에서 법무총장을 맡았고, 외무총장으로 국무총리를 대리하면서 광동에 있는 호법정부에 전권대사로 파견되어 대총통 손문(孫文)과 접견하고 임시정부의 사실상 승인을 이끌어낸 인물이다. 호는 예관(睨觀)이고, 상해에서 활동하면서 신정이라는 이름을 사용했다.

「祝獨立報創刊(축독립보창간)」을 쓴 만상(灣上) 오연(吾然)은 김오연(金吾然)이다. '만상'은 평안북도 의주를 이르는 말이다. 김오연은 평북 의주 출신으로 상해에 있는 미술대학에 재학하면서 화동 지역 한인 유학생들이 조직한 화동한국유학생연합회에서 활동했다. 이 외에도 「祝大韓新年歌(축대한신년가)」를 쓴 죽파(竹坡)는 전덕명(全德明)으로 보인다. 전덕명은 평북 용천 출신으로, 1921년 만주로 망명해 대한독립단(大韓獨立團)에서 활동한 인물이다. 「足一齋先生三一節韻(족일재선생삼일절운)」을 쓴 운계(雲溪)는 백기준이다. 백기준은 국내 특파원과 임시의정원 의원으로 활동한 인물이다. 정간된 ≪독립신문≫을 속간하는 데 참여하기도 했다.

「國恥歌(국치가)」를 쓴 환산(桓山)은 이윤재(李允宰)이다. 이윤재는 국어학자로, 환산·한뫼라는 호를 썼다. 1921년 북경에서 북경대학에 다닌 적이 있는데, 아마 이때 시를 써서 ≪독립신문≫에 실은 것으로 보인다.

「三一獨立宣言 五年元旦祝賀(삼일독립선언 오년원단축하)」, 「殉國諸賢追悼歌(순국제현추도가)」를 쓴 일우(一雨)는 정신(鄭信)이다. 정신은 북간도의 중광단에서 활동한 인물로, 일우라는 호를 사용했다.

「誥獨立(고독립)」을 쓴 소앙(素卬)은 조소앙(趙素昂)이다. 조소앙의 본명 조용은(趙鏞殷)이고, 소앙(素卬)·소앙(素昂)·소해(嘯海)·한살임(韓薩任)·아나가야후인(阿那伽倻後人) 등의 호를 사용했다. 당시 조소앙은 프랑스 파리에 있었다. 1919년 5월 파리강화회의에 참석하고자 파리로 향했고, 프랑스에서 활동하며 시를 보내온 것이다. 「某除夜(모제야)」를 쓴 경환(警寰)은 홍진(洪震)이다. 홍진은 국내에서 한성정부를 수립한 주역이었고, 만호(晩湖)·만오(晩悟) 등의 호도 사용했다.

작가의 이름이 표기되어 있지 않지만, 작가를 추측할 수 있는 시도 있다. 「獄中感懷(옥중감회)」에는 작가의 이름이 없지만, 만해(萬海) 한용운(韓龍雲)일 것으로 생각된다. 시의 제목과 더불어 "此(차)는 前號(전호)에 揭載(게재)된 我代表(아대표)의 感想文(감상문)에 添附(첨부)하야 來(내)한 者(자)라"는 설명이 있다. 전호란 제25호를 말하는 것이고, '아대표의 감상문'이란 「조선독립(朝鮮獨立)에 대(對)한 감상(感想)의 대요(大要)」를 말한다. 이는 한용운의 글이다. 한용운이 이 글을 보내면서 「옥중감회」라는 시도 보내, 이를 ≪독립신문≫에 게재한 것이라고 생각된다.

필명은 있지만, 누구인지를 확인할 수 없는 경우도 많다. 「저 비(雨) 보아라」, 「애쳐러워라」 등 5편을 발표한 '경재(璟載)'를 비롯해, 「四時歌(사시가)」·「四時(사시)」·「고국을 글이고」 등 3편을 발표한 '다섯뫼', 「嗚呼文子(오호문자)」·「鳳朝(봉조)와 德三(덕삼)」을 발표한 '노미아비', 「新生命(신생명)」의 작가 '산려일민(汕廬一民)', 「時局(시국)에 嘆(탄)하야」의 작가 '죽림(竹林)', 「어머님 가시던 날」의 작가 '곱단이', 「우리의 身勢(신세)」의 작가 '방야(放野)', 「殉國者(순국자)」의 작가 '방주(放舟)', 「잉도곳」

의 작가인 '봉생(峯生)', 「내 너를 위하여」의 작가인 '밝참', 「靈(영)의 우름」의 작가 '창산자(蒼山子)', 「이러진 보배」의 작가인 '망국아(兒)' 등은 확인되지 않는다.

《독립신문》에 시를 쓴 인물들은 모두 독립운동가였다. 이 중에는 후일에 변절해 일제에 협력한 경우도 있다. 대표적인 인물이 이광수와 주요한이다. 이들은 국내로 귀국한 후 독립운동을 포기하고 일제에 협력했으며, 해방 후 반민족행위자를 처벌하기 위한 반민족행위특별조사위원회에서 재판을 받기도 했다. 이들이 쓴 시를 포함할 것인지를 놓고 고민이 없지 않았다. 그렇지만 시를 발표할 당시에는 독립운동에 참여해 활동했으므로 그대로 싣기로 했다.

《독립신문》이 발행되던 시기에 국내에서는 《창조》, 《백조》, 《폐허》 등 많은 문학잡지가 발행되었다. 《독립신문》은 이 문학지들처럼 본격적인 문학공간은 아니었다. 문학성과 예술성을 적극적으로 추구하기도 어려웠다. 그러나 우리나라에 근대 문학이 꽃피기 시작하고 자리 잡아가던 시기에, 상해에서 발행된 《독립신문》에도 시를 게재했다는 점에 주목해야 한다. 문학적 공간이라는 개념을 국내에만, 또 동인지에만 한정시킬 필요는 없다고 생각한다.

한국의 근대문학사에서 신시(新詩), 자유시, 산문시 등이 본격적으로 대두한 것은 3·1 운동 전후로 본다. 중국에서 5·4 운동을 계기로 신문화운동이 활발히 일어났듯이, 우리나라에서도 3·1 운동을 계기로 근대문학이 형성되고 크게 발전한 것이다. 물론 국내에서 많은 동인지가 발행되면서 근대문학의 형성과 발전에 공헌했지만, 국외의 독립운동 전선에서도 많은 신문과 잡지가 발행되면서 나라 안팎에서 꽃을 피우고 있었다.

국내와 국외는 조건이 달랐다. 국내는 조선총독부의 검열을 받아야 하므로, 작가들의 상상력이나 표현이 자유로울 수 없었다. 국외에서는 특별한 제약이 없었고, 작가들의 상상력이나 표현에도 제한이 없었다. 이를 감안하면 국외의 신문과 잡지가 근대문학을 형성하고 발전시키는 데 커다란 역할을 했음을 알 수 있다. 1910년대에 일본 유학생들이 발행한 ≪학지광(學之光)≫이라는 잡지가 근대문학의 형성과 발전에 크게 기여했듯이, ≪독립신문≫도 근대문학사에서 주목받을 필요가 있다.

≪독립신문≫에 실린 시와 시가는 독립운동가들의 삶을 이해할 수 있는 중요한 자료다. 그뿐만 아니라 한국의 근대문학사에서도 중요한 연구 대상이 될 수 있다고 생각한다. 특히 근대문학사의 공간적 지평과 연구의 범위를 국내에서 국외로 확대하는 계기가 될 수 있다고 생각한다. 이 책의 출간으로 항일민족시가 근대문학에서 중요한 연구 대상이 될 수 있기를 기대한다.

피로 묵(墨)
삼아
기록한 꽃송이

祝獨立報創刊
축독립보창간

春山 李裕弼
춘산 이유필

元年秋八月	1919년 가을 8월에
有炎炎大言	빛나는 위대한 언론이
自滬上來	상해(上海)에서 나와
順應新世紀之進化	새로운 세대의 진화에 순응하고
發揮我天與之自由	하늘이 우리에게 준 자유를 발휘하여
以二千萬之心鳴焉	이천만 동포의 마음을 고동치게 하네
其森嚴詞鋒	삼엄한 필봉은
不偏不比	편벽되지 않고 치우치지 않고
惟公惟正	오직 공명정대하여
暮鼓晨鐘耶	저녁에는 북, 아침에는 종이 되니
魯史晉乘耶	노나라의 역사인가, 진나라의 역사인가
厥名曰獨立	그 이름 독립이라 하네

제2호 _ 대한민국 원년(1919) 8월 26일, 2면

獨立日(독립일)

海日(해일)

노래하라 노래하라 聲帶(성대)가 터지도록
춤추어라 춤추어라 四肢(사지)가 다하도록
오늘에 自由(자유)가 왓나니
오늘에 正義(정의)의 해빗 나나니
倍達(배달)의 子孫(자손)들아
倍達의 子孫들아

울니여라 울니여라 天地(천지)가 震動(진동)토록
날니여라 날니여라 日月(일월)이 가리도록
오늘이 첫 깃븐 날이니
오늘이 億萬代(억만대) 傳(전)할 날이니
倍達의 子孫들아
倍達의 子孫들아

넉히여라* 넉히여라 하늘의 주신 福土(복토)

---

* 넓히어라.

퍼치여라• 퍼치여라 造物(조물)의 擇(택)한 百姓(백성)
永遠(영원)히 生命(생명) 새움 날이니
永遠히 새 光榮(광영) 비치울이니
倍達의 子孫들아
倍達의 子孫들아

제2호 _ 대한민국 원년(1919) 8월 26일, 4면

• 퍼뜨려라.

아아 庚戌八月二十九日(경술팔월이십구일)

海日(해일)

아아 이날

半萬年(반만년)의 神聖(신성)한 歷史(역사)가

아아 이날

二千萬(이천만)의 귀여운 生靈(생령)이

暗黑(암흑)의 첫덤을 쓰단 말가•

千古(천고)에 陋臭(누취)를 남기단 말가

十年(십년)의 苦楚(고초)

오오 祖國江山(조국강산)

얼마나 그듸의 가슴 우에

피눈물 자최가 남앗느뇨

아아 몃 번이나

斷腸(단장)의 哭聲(곡성)이 들니엿느뇨

可憐(가련)한 奴隷(노예)의 可憐한 奴隷의

• 더러움을 뒤집어썼다는 말인가.

自由(자유)가 勒奪(늑탈)된 이날
正義(정의)가 蹂躪(유린)된 이날
오오 이날을
韓倍(한배)의 子孫(자손)들아
哭(곡)하여 새우리
億萬代(억만대) 뉘우치리

오오 이날
韓倍의 子孫들아
血(혈)을 밧치라 肉(육)을 밧치라
祖國을 爲(위)하여 祖國 爲하야
아직도 惡毒(악독)한 서음놈[•]은
칼을 품나니 毒藥(독약)을 붓나니

제3호 _ 대한민국 원년(1919) 8월 29일, 2면

• 섬놈, 즉 일본인.

오오 나라의 한아바지들

해

鐘(종)소리가…… 어둠 속에 悲痛(비통)한 鐘소리가……
榮光(영광) 잇는 歷史(역사)의 隕命(운명)을 吊喪(조상)하도다
오오 나라의 한아버지들
우리가 차고 빗 업는 싸 우에 傷(상)하야 업드리는 때……

모단 것이 沈默(침묵)하도다
물이 그 흐름을 그치니 모단 江(강)과 海洋(해양)이 죽음 갓치 잠잠하도다
오오 나라의 한아버지들!
우리가 어둠 밋헤
밤보다도 더 어두운 하날 밋헤
가슴 쓸인 祈禱(기도)를 드리는 때……

우리는 싸우에 업디여 우릇노라
되인 눈물은 心臟(심장)을 무급게 하며……
우리는 하늘을 우러러 니•를 가런노라

• 이(齒).

풍결에 쎠는 사시나무갓치 몸불임하며
오오 나라의 한아버지들!
祖國(조국)이 업서지는 그날부터
우리 몸을 벌거벗기는 그날부터 ……

그러나 지금
우리는 눈물을 가닷음엇노라
니러섯노라
오직 이때에 기두리는 새박이[*] 그 빗과 함게 오나니 ……
그러타다
地下(지하)의 英靈(영령)이여
당신의 남긴 榮光(영광)이 九年後(구년후)에
아픔과 눈물의 九年後에
이 짜 우에 이 子孫(자손) 우에
오오 이날에 怨(원)수 감는 싸홈 우에 빗나나이다

보소서 나라의 한아버지들!
보소서 地下의 英靈들!

제3호 _ 대한민국 원년(1919) 8월 29일, 2면

---

[*] 새벽이.

祝獨立報創刊
축독립보창간

海史 李英烈
해사 이영렬

松波 金鳳基
송파 김봉기

竹史 全軫鉉
죽사 전진현

東方半島三千里　동방의 반도 삼천리에
一線春風自滬邊　한 가닥 봄바람이 상해(上海)에서 불어온다네
花者花之葉者葉　꽃은 꽃, 잎은 잎
大韓獨立萬年天　대한독립 억만 년 가리라

제5호 _ 대한민국 원년(1919) 9월 4일, 1면

祝獨立報創刊
축독립보창간

灣上 吾然
만상 오연

大報一出	독립신문 창간호 나가니
紙貴人方	종이 귀해지고
傀儡斂跡	괴뢰들은 자취를 감추고
公理乃張	공명정대한 도리가 펼쳐졌다네
億千萬歲	천년만년 동안
振我國光	우리 대한의 영광을 떨치리라
偉哉功德	위대한 공덕
恒河沙量	갠지스강 모래처럼 많으리라

제10호 _ 대한민국 원년(1919) 9월 18일, 1면

祝獨立報(축독립보)

灣上(만상) 秋菊(추국)

白雪(백설)이 滿乾坤(만건곤)한대 南山(남산) 우에 亭亭(정정) 獨立(독립)한 뎌 松柏(송백)
그의 굿센 節慨(절개) 자랑하난 듯 나의 사랑하난 獨立아!
最(최)히 危險(위험)하고 艱難(간난)한 ᄯᅢ에 자라가난 바인즉
百折不屈(백절불굴)의 直接(직접)로 너의 國民(국민)의 獨立心(독립심)을 굿게 하야
너의 使命(사명)을 發揮(발휘)하라

제11호 _ 대한민국 원년(1919) 9월 20일, 2면

渡鴨綠江
도압록강

晩湖
만호

臨風慟哭鴨江春　바람을 맞으면서 봄이 든 압록강에서 통곡을 하는데
興廢人間夢耶眞　흥망성쇠 인간 세상은 꿈인가 현실인가
半壁靑邱都劫火　조각난 고국 산하는 모두 재앙에 휩싸였고
一線黃道總腥塵　한 가닥 햇빛도 모두 티끌이 되었네
國讎己足平生恨　나라의 원수는 나에게 평생의 한이니
公敵何堪沒世親　공적 왜놈과는 세상이 사라지더라도 어찌 가까이하랴
倚劍斜陽還獨嘯　지는 노을에 칼에 기대어 홀로 울부짖으니
煙波無限白鴻隣　끝없는 물결 속에 갈매기 가까이 오네

第16호_대한민국 원년(1919) 10월 2일, 4면

秋夕(俗歌)
추석 속가

海日
해일

오날이 八月十五日夜(팔월십오일야)
녯일을 生(생)각하니 눈물겨운다
千萬里(천만리) 他鄕(타향)에 이 타는 가슴
한 잔의 五茄皮(오가피)로나 슬어바릴가

져 달아 네 아리니 말 무러보자
우리의 아우와 뉘는 얼마나 울드냐
黃河水(황하수) 구불구불 네 무슨 怨(원)수로
그려운 江山(강산)을 가로막느니

漂泊東西(표박동서) 可憐(가련)한 이 몸
이날에 우른 적이 멧 번이런고
나라 일코 집 일코 …… 애답다 皇天(황천)아
아아 奴隷(노예)의 이 서름을 어듸나 살으리

亡命(망명)의 悲運(비운)을
同胞(동포)여 슬퍼한들 무엇하며
쉼 갓흔 光榮(광영)을

同胞여 回想(회상)한들 그 무엇하랴

달 밝고 朗明(낭명)하니

노래나 부르세

노래나 부르세

제23호 _ 대한민국 원년(1919) 10월 28일, 4면

(김가진이 상해에 망명하며 지은 시)

金嘉鎭
김가진

國破君亡社稷傾　나라가 깨어지고 임금이 죽고 사직이 기울었건만
包羞忍死至今生　수치를 품고 모질게 지금도 살아 있다네
老心尙有衝霄志　늙었지만 마음은 여전히 하늘을 뚫을 의지가 있으니
一擧雄飛萬里行　한 번 힘차게 날면 만 리 길을 가리라

民國存亡敢顧身　나라의 존망이 걸려 있는데 어찌 한 몸을 아끼랴
天羅地網脫如神　천지에 그물을 쳤지만 귀신처럼 벗어났다네
誰知三等車中客　삼등 열차를 탄 사람을 누가 알겠는가
破笠龘衣舊大臣　찢어진 삿갓에 허름한 옷을 입었으나 옛적에는 대신이었다네

제25호 _ 대한민국 원년(1919) 11월 4일, 1면

獄中感懷
옥중감회

(韓龍雲)
한용운

一日與隣房通話 爲看守之竊聽 雙手被輕縛 二分間卽吟
일일여린방통화 위간수지절청 쌍수피경박 이분간즉음

하루는 이웃 방 죄수와 말하다가 간수에게 들켜 두 손이 묶였는데
그때 잠시 생각나 지은 것이다.

隴山鸚鵡能言語　농산의 앵무새는 말을 할 수 있지만
愧我不及彼鳥多　나는 저 새보다 못하니 부끄럽구나
雄辯銀號沈默金　웅변은 은, 침묵은 금이라고 하였으니
此金買盡自由花　이 금으로 자유라는 꽃을 모두 사리라

又

一念頓覺淨無塵　마음을 갑자기 깨치니 청정하여 티끌이 없는데
鐵窓明月自生新　철창에 밝은 달이 솟아오르네
憂樂本是惟心在　근심과 즐거움은 본래 마음에 달려 있는 것
釋加原來尋常人　석가도 원래는 평범한 사람이었다네

제26호 _ 대한민국 원년(1919) 11월 8일, 4면

大韓民國臨時政府成立祝賀歌
대한민국임시정부성립축하가

自由民(자유민)아 소래처서 萬歲(만세) 불러라

一.

大韓民國臨時政府 萬歲 불러라

大統領(대통령) 國務總理(국무총리) 各部總長(각부총장)과

國際聯盟(국제연맹) 여러 特使(특사) 萬歲 불러라

후렴 大韓民國 臨時政府 萬歲

우리 이미 異民族(이민족)의 奴隷(노예) 아니오

二.

쏘한 專制政治下(전제정치하)의 百姓(백성) 아니라

獨立國(독립국) 民主政治(민주정치) 自由民이니

同胞(동포)여 소래처서 萬歲 불러라

自由民아 닐어나라 마즈막까지

三.

三千里(삼천리) 神聖國土(신성국토) 光復(광복)하도록
凱旋式(개선식) 獨立宴(독립연)의 날이 갓갑다
同胞여 勇敢(용감)하게 일어나거라

제28호 _ 대한민국 원년(1919) 11월 15일, 4면

太極旗
태극기

一.

三角山(삼각산) 마루에
새벽빛 비칠 제
네 보앗냐 보아
그리던 太極旗를
네가 보앗나냐
죽온 줄 알앗던
우리 太極旗를
오늘 다시 보앗네
自由(자유)의 바람에
太極旗 날니네
二千萬(이천만) 同胞(동포)야
萬歲(만세)를 불러라
다시 산 太極旗를 爲(위)해
萬歲 萬歲
다시 산 大韓國(대한국)

二.

불근빗 푸른빗
둥굴게 엉키어
太極을 일웟네
피와 힘 自由平等(자유평등)
엉키어 일웟네
우리 太極일세
乾三連坎中連(건삼연감중연)•
坤三絶離中絶(곤삼절리중절)••
東西南北上下(동서남북상하)
天下(천하)에 썰치라
太極旗 榮光(영광)이
世界(세계)에 빗나게
國民(국민)아 소래를 모도다
萬歲 萬歲

三.

大韓國 萬萬歲
갑옷을 닙여라
방패를 들어라

• 건(乾, ☰)괘는 세 개의 효(爻)가 이어졌으나 감(坎, ☵)괘는 가운데 효만 이어졌네.

•• 곤(坤, ☷)괘는 세 개의 효가 끊어졌으나 이(離, ☲)괘는 가운데 효만 끊어졌네.

늙은이 젊은이
머시마나 가시나
하나이 되어라
太極旗 지켜라
貴(귀)하고 貴한 國긔
왼 世界 百姓(백성)이
다 모혀돌어도
우리의 太極旗
건드리지 못 하리
大韓사람들아 닐어나
나가 나가
太極旗를 지켜
大韓나라 지켜

제30호 _ 대한민국 원년(1919) 11월 27일, 1면

一片丹心
일편단심

鄭圃隱
정포은

이 몸이 죽고 죽어 一百番(일백번) 고처 죽어
白骨(백골)이 塵土(진토) 되여 넉이야 잇고 업고
님 向(향)한 一片丹心이야 가실 줄이 잇스랴

제34호 _ 대한민국 2년(1920) 1월 1일, 1면

閑山島(한산도)

李忠武(이충무)

閑山섬 달 밝은 밤에 戍樓(수루)에 홀노 안져
一仗劍(일장검) 빗겨 들고 긴파람 하올 적에
어듸셔 一聲羌笛(일성강적)•이 斷我腸(단아장)을 하난고

제34호 _ 대한민국 2년(1920) 1월 1일, 1면

• 강적(羌笛)은 중국 민간에서 사용된 피리 종류의 한 가지.

무제

失名
실명

壁上(벽상)에 칼이 울고 가슴에는 피가 뛴다
살 오론 두 팔뚝이 밤낫으로 들먹이네
時節(시절)아 네 도라오거든 왓소 말만

제34호 _ 대한민국 2년(1920) 1월 1일, 1면

무제

金宗瑞(김종서)

白頭山(백두산)에 놉히 안져 압뒷 들 굽어보니
南北萬餘里(남북만여리) 훤츨도 한지이고
두어라 祖上(조상)이 갈으신 터이니 갈아볼가

제34호 _ 대한민국 2년(1920) 1월 1일, 1면

아아 내 나라

海日(해일)

모단 福樂(복락)

모단 繁榮(번영)

모단 生活(생활)의 本源(본원)

아아 내 나라

그대밧게 또 잇스리

아아 내 나라

限(한) 업는 苦痛(고통)

患難(환난)

오오 비록 죽음이 잇다한들

아아 내 나라

다 무엇이리

아아 내 나라

그대만 잇스면

나의 나고

자라난 곳

億萬代(억만대) 後孫(후손)의 基業(기업)

아아 내 나라
天下(천하)를 주느다 한들•
아아 내 나라
님에게 比(비)하리

죽어도 님 爲(위)해
살아도 님 爲해
아아 내 나라
나의 生命(생명)
永遠(영원)히 내 사랑
아아 내 나라
아아 내 나라

제34호 _ 대한민국 2년(1920) 1월 1일, 1면

• 준다고 한들.

가는 해 오는 해

송아지

하늘 우헤 푸른 燭臺(촉대)가
또 하나 너머진다
그째에 쑴 갓흔 나의 한 해가
또다시 過去(과거)의 幕(막) 속에 업서진다

나를 울닌 해!
나를 깃부게 한 해!
네 속에서 새로 난 나라들
네 안에서 다시 산 民族(민족)들
너는 人類(인류)에게 새 希望(희망)을
온 世界(세계)에 새 싸홈을
歷史(역사) 우에 새 軌道(궤도)를 주엇다

거기서 復活(부활)한 나의 祖國(조국)
거기서 잠을 씬 나의 民族
만일 네가 아니 왓더면
나에게 그 갓흔 눈물이
나의게 그 갓흔 우슴이

또한 아니 왓슬 터이다

하늘 우헤 밝은 별이
또 하나 生(생)겨난다
그때에 뜻깁흔 나의 한 해
또다시 새벽빗츨 비췬다

반갑고나 새해
눈물겨운 새해
운명이 가져온 너
압길이 漠漠(막막)한 너의 길
네게는 모단 바람이
네게는 모단 惡運(악운)이
한업시 쌔웨잇다[*]

네게서 무엇을 求(구)할까
깃븜을 求하랴 슬픔을 求하랴
萬一(만일) 네가 아니 오면
나에게 깃븜이 업스리라
그러나 또 네가 아니 오면
나에게 슬픔도 아니 올 거슬

---

[*] 둘러싸여 있다.

아아 只今(지금) 나의 祖國은
危難中(위난중)에 ᄯᅥᆯ고 잇다
새롭고 낡다는 區別(구별)도
눈물도 깃븜도 다 ᄯᅥ나가라
다만 榮光(영광)의 勝利(승리)여 네 아페
나의 불근 피로 ᄲᅮ릴 날을 기다리라

제34호 _ 대한민국 2년(1920) 1월 1일, 1면

ᄉᆡ해

新島(신도)

ᄭᅮᆷ이 나를 위해 먼 데 同志(동지) 다려왓네
새해 祝福(축복) 반가웨라 나라 일을 議論(의논)할 제
엇짓타 無情(무정)한 鷄鳴聲(계명성)이 나를 ᄭᆡ웨

그림자로 벗을 삼는 革命客(혁명객)의 이 身勢(신세)라
사랑하는 同胞(동포)에게 무엇으로 情表(정표)할가
밧아라 新年善賜(신년선사) 드리노니 이 내 몸을

男兒三十(남아삼십)에 未復國(미복국)이면 後世(후세)에 誰稱大丈夫(수칭대장부)라
復國 못한 이 몸으로 썩국 먹기 붓그럼네
언제나 倭頭蠻頭(왜두만두)로 含哺鼓腹(함포고복)[*]

제34호 _ 대한민국 2년(1920) 1월 1일, 1면

* 언제쯤 왜놈 머리로 만든 만두를 배부르게 먹어볼까.

恭祝獨立之新年
공축독립지신년

白岩
백암

滿紙淋漓	지면에 가득하게 퍼져 있는 것은
獨立之血	독립이라는 핏빛이요
統筆燦爛	총과 붓이 찬란한 것은
自由之靈	자유라는 영혼이다

祝爾永生	너의 영생을 축원하리라
願力無盡	우리의 소망도 끝이 없네
慶我再造	우리나라가 다시 살아나게 되었음을 경축하노니
邦命維新	나라의 운명이 새롭게 되리라

제34호 _ 대한민국 2년(1920) 1월 1일, 3면

換歲有感
환세유감

一齋
일재

天時人事日相催	천시와 인사가 날마다 서로 재촉하여
一喜一悲迎送盃	일희일비하면서 한 해를 보내고 맞이하면서 술잔을 드네
能碧歲寒然後栢	추운 겨울이 지난 뒤에도 잣나무는 푸르러
自香冰雪作先梅	빙설 속에 향기를 피우며 매화보다 앞서네
萬劫盡隨更漏落	수많은 시간이 지나고 시간은 다시 흘러
百和方與早春來	온갖 향기가 이제 막 새봄과 함께 오네
健兒莫懶三章約	사내대장부는 세 가지 약속을 게을리해서는 안 되며
活躍新年上舞臺	새해에도 활약하면서 무대에 올라야 하리

제34호 _ 대한민국 2년(1920) 1월 1일, 3면

新年大祝
신년대축

申尙玩
신상완

一切衆生	모든 중생들
無始以來	아주 먼 과거에서 와
妄作因緣	망령되이 인연을 맺어
業波不息	업의 파동이 멈추지 않네
輪廻三界	과거, 현재, 미래를 윤회하니
虛生浪死	헛된 삶이요, 헛된 죽음
無由出頭	벗어날 길이 없어
實不忍苦	참으로 번뇌를 참지 못하였네
惟願慈悲	자비심으로
四生導師	모든 생물을 인도하고
垂憐衆生	중생을 불쌍히 여기고
運照光明	밝은 빛을 비추어주기를 원한다네
咸入法海	모두가 불법의 바다로 들어가
頓證菩提	참된 진리를 한 번에 깨닫는다면
使此娑婆	이 사바세계를
變成佛國	불국토로 만들리라

제34호 _ 대한민국 2년(1920) 1월 1일, 3면

새해

云丁(운정) 崔昌植(최창식)

새해라 새해라 하니 무언 새해만 넉이는다
獨立(독립) 新大韓(신대한)의 光復新年(광복신년) 그이로다
太白(태백)아 어서 밤새워라 새날 그려 하노라

兒孩(아해)와 이르거늘 臺(대)에 올나 마즁하니
蒼空碧海(창공벽해) 틈을 열고 民國(민국) 二年(이년) 올으신다
어즈버 青晨紅瑞(청신홍서)를 太極(태극) 본 듯하여라•

一團團(일단단) 大光明(대광명)이 期約(기약)마저 臨(임)하시니••
三千里(삼천리) 錦繡江山(금수강산) 새 빗겨웨 즐기도다
平生(평생)의 그리든 님이로다 즐길 대로 즐겨라

제34호 _ 대한민국 2년(1920) 1월 1일, 3면

• 아 푸른 새벽 붉은빛의 상서로운 기운을 태극 본 듯하여라.
•• 둥근 달의 큰 빛이 기약한 때에 임하니.

新年(신년)을 如何(여하)히 마즐가

鄭蕙園(정혜원)

우리에게 偉大(위대)한 獨立(독립) 機會(기회)를 열어 준 民國(민국) 元年(원년)을
나는 눈물을 뿌려 餞別(전별)하고
於焉間(어언간) 民國 二年(이년)을 希望(희망)의 握手(악수)로 歡迎(환영)하엿다

아 異常(이상)한 나의 感想(감상)이여 喜(희)라 할가 悲(비)라 할가

우리의 父母(부모)와 兄弟(형제)는 져 三島倭奴(삼도왜노)의 魚肉(어육)이 된 是日(시일)이오
우리의 江山(강산)과 財産(재산)은 怨讎(원수)에게 占據(점거)된 是日이라

슬프다 是日아
우리 民族(민족)의 鮮血(선혈)은 이미 半島玉土(반도옥토)를 물들엿것만
아즉도 國土(국토)를 찾지 못한 是日이여
冷獄鐵窓(냉옥철창)에 呻吟聲(신음성)은 如前(여전)하고
海外(해외)에 漂流(표류)하는 同胞(동포)는 도라갈 길이 漠漠(막막)하도다
客窓寒燈(객창한등)에 兀然(올연)히 홀로 안져스니
同志(동지)를 生(생)각하고 自由(자유)를 그려 하는 나의 心腸(심장)은 寸斷(촌단)하려 하도다

獨立運動(독립운동)의 여러 指導者(지도자)시여

願(원)건대 新年에 여러분은 一心一體(일심일체)가 되여 忠誠(충성)과 能力(능력)을 다하야
今年內(금년내)에는 期於(기어)히 敵(적)을 물니고 大業(대업)을 成就(성취)하소서

제35호 _ 대한민국 2년(1920) 1월 8일, 4면

祝大韓新年歌
축대한신년가

竹坡
죽파

新大韓(신대한) 二千萬(이천만)이 獨立萬歲聲(독립만세성)에
白頭山(백두산)이 춤을 추고 鴨綠江(압록강)이 노래한다
其(기)노래 그 妙(묘)한 춤 뉘 아니 讚歎(찬탄)하리
於戲(어희)라 우리나라 億萬年(억만년) 無窮(무궁)토록
倍達民位(배달민위) 繼繼承承(계계승승) 其壽永昌(기수영창)하리로다

제35호 _ 대한민국 2년(1920) 1월 8일, 4면

新生命
신생명

汕廬一民
산려일민

새해가 도라오니
온몬(百物[백물])이 새로와지도다
말낫던 것이 축축하야 지며
죽엇던 것이 사라나도다
아 온누리(全世界[전세계])의 풀나무 버러지
쏘 青邱[청구]의 그것싯지 모다 그러하도다
三印[삼인]을 씨신 검으로부터
난호아 주신 우리의 眞生命[진생명]
지난 열 해의 몹슬 결을 동안에
마르고 쏘 죽엇섯는대
간해의 봄에 어업분 싹이 샏족 나왓고
올해의 봄에 입, 솟, 열매가 뒤바쳐 열니리라
그러나 그 고만이* 「惡草[악초]」 갓흔 사나운 풀이
논과 밧헤 얼키어 잇으면
새 힘을 부어줄 새봄이 골잘** 번 온다 해도

---

* 재물이 늘거나 벼슬이 오르는 것을 막는다는 귀신.
** 골은 만(萬), 잘은 억(億).

새 입 새 쏫 새 열매를 맷기 어려우리라

그런즉 허미를 가지고

사납은 풀을 쏩아버림가치

碧波亭(벽파정)에 두루던 귀도의 남져지 날로*

우리의 眞生命의 고만이풀을

하로 밧비 베혀 바리고

새해와 새봄에 새 목슴을 바드리로다

제35호 _ 대한민국 2년(1920) 1월 8일, 4면

---

* 벽파정(임진왜란 때 이순신 장군이 명량대첩을 지휘한 곳)에서 그가 휘두르던 귀도(鬼刀)의 남겨진 날로.

新年
신년

張敬順
장경순

作客苟傷事	나그네 되어 일마다 상심하여
有懷不足稱	품은 생각 있지만 말할 수 없다네
獻羔勸壽酒	새끼 양을 바치면서 축수의 술을 권하고
祈穀祝年登	풍년 들어 곡식 잘되기를 기원하네
雪襯自由屑	눈이 펄펄 날리고
花生獨立燈	외로이 서 있는 등에 꽃이 피네
猶恨詩悲切	슬픔에 찬 시 오히려 안타깝지만
悠悠一念憑	아득히 의지하는 것은 오직 한마음이라네

제35호 _ 대한민국 2년(1920) 1월 8일, 4면

愛讀獨立新聞(애독독립신문)

朴址朋(박지봉)

新大韓(신대한)의 國民(국민)들아
獨立新聞 愛讀하소
慷慨(강개)한 우리 맘에
獨立心(독립심)이 기퍼지네

그의 筆鋒(필봉) 無私(무사)하여
賣國賊子(매국적자) 討罪(토죄)하며
그의 筆鋒 至公(지공)하여
愛國志士(애국지사) 褒獎(포장)하네

우리들의 獨立社(독립사)는
우리 同胞(동포) 血脈(혈맥)이오
우리들의 獨立新聞
大韓獨立 基礎(기초)일세

愛讀하소 愛讀하소
獨立新聞 愛讀하소
깃브고도 고마웨라
우리들의 獨立社여

제37호 _ 대한민국 2년(1920) 1월 13일, 2면

誥獨立
고독립

素卬
소앙

道之以獨立　　독립으로써 이끌고
齊之以自由　　자유로 다스리면
民免於牛馬　　백성은 소나 말이 되는 것을 면하며
道之以平等　　평등으로써 이끌고
齊之以平和　　평화로 다스리면
可與化成天下　　천하태평을 이루리라

제38호 _ 대한민국 2년(1920) 1월 17일, 4면

病中吟四首
병중음사수

春園
춘원

陣中(진중)에 病이 드니 그리도 애닯고야
나라에 許(허)한 놈이 죽은들 설우랴만
山(산)갓히 싸힌 져 일을 쉬어 어이 하리오

天涯(천애)의 客窓寒衾(객창한금)• 病들어 홀로 누어
기나긴 겨울밤을 呻吟(신음)으로 새단 말가
國事(국사)야 國事라더라마는 눈물겨웨 하노라

半夜(반야)에 홀로 안져 무지러진 붓을 들어
피 석거 눈물 석거 한 篇(편) 글을 쓰고 나니
어듸서 汽笛一聲(기적일성)이 날이 새다 하더라

塗炭(도탄)에 우는 어린네 아우와 누이
피 뭇은 同志(동지)들을 보는디 못 보는디
요마한 괴로음이야 닐러 무삼하리오

第41호 _ 대한민국 2년(1920) 1월 31일, 2면

• 객지의 차가운 이부자리.

검돌 예님을 울음

云丁 崔昌植
운정 최창식

一.

님이 돌이라기
구듬에야 밋엇더니
이 어인 검의 뜻이
그리 수이 마시는가
숢인 듯 속음이련만
참이라니 어이리

二.

버들 물오른데
한내 건너 피리 듯고
나라에 눈물겨워
손 노을 줄 모르더니
그만에 그날 노뷤이
영 리별이 되엇네

三.

봄밤에 달이러니

헌거럽고 그윽더니
그 마음 그 구실이
내 겨레의 덕이러니
우리게 복 업슴인가
절문 나에 쉬다니

四.
한양 져문 날에
찬바람 저젓거늘
뒷 메 드문 솔이
쳔고 한을 우단 말가
씨치고 참아 못이저
눈 못 감어하여라

五.
몸이 가시다 한들
일졷차 짤엇스리
넉시 말에 살엇나니
우리 잇서 긔업스리
벗네아 다만 슬어 말고
집히심을 모셔라

제43호 _ 대한민국 2년(1920) 2월 5일, 2면

돈! 돈!

春(춘)

愛國者(애국자)야 돈을 내며 돈을 모흐라
獨立戰爭(독립전쟁)의 成否(성부)는 오직 돈에 달니엿나니
國民(국민)아 돈이 잇스면 自由民(자유민)이 되고
돈이 업스면 奴隷(노예)를 免(면)치 못하리라

自由를 願(원)하나냐 돈을 내여라
獨立을 願하나냐 돈을 내여라
生命(생명)을 내기 前(전)에 먼져 돈을 내여라

全國民(전국민)은 저마다 多少(다소)를 勿論(물론)하고 낼지니
이것이 神聖(신성)한 너희 義務(의무)니라
너희는 돈과 피를 밧침이 업시
獨立國 自由民이 되리라 하나뇨

上海(상해)와 北京(북경)과 南京(남경)과 其他(기타) 各地(각지)에 있는 愛國者들아
네가 獨立戰爭을 바라거든 空想空談(공상공담)만 말고
本國(본국)에 冒險(모험)하야 돈을 거두라

國內外(국내외)에 있는 各團體(각단체)도 今日(금일)부터 全力(전력)하야 돈을 거두라

큰 慾心(욕심)내지 말고 一圓式(일원식) 一圓式

그리하되 거둘 째에도 政府(정부)의 일홈으로

것운 뒤에는 政府의 金庫(금고)에 모흐라

이리하여야 獨立戰爭도 되고 獨立도 되리라

제44호 _ 대한민국 2년(1920) 2월 7일, 4면

獨立軍歌(其一)
독립군가 기일

나아가세 獨立軍아 어서 나가세
기다리던 獨立戰爭(독립전쟁) 도라왓다네
이 쌔를 기다리고 十年(십년) 동안에
갈앗던 날낸 칼을 試驗(시험)할 날이
나아가세 大韓民國(대한민국) 獨立軍士(독립군사)야
自由獨立(자유독립) 光復(광복)할 날 오늘이로다
正義(정의)의 太極旗(태극기)발 날리는 곳에
敵(적)의 軍勢(군세) 落葉(낙엽)갓히 슬어지리라

보나냐 半萬年(반만년) 피로 직킨 쌍
오랑케 말발굽에 밟히는 모양
듣나냐 二千萬(이천만) 檀祖(단조)의 血孫(혈손)
怨讐(원수)의 칼 아래서 우짓는 소리
楊萬春(양만춘) 乙支文德(을지문덕) 피를 밧앗고
李舜臣(이순신) 林慶業(임경업)의 後孫(후손) 아니냐
나라 爲(위)해 목숨을 터럭과 갓히
싸호던 네 祖上(조상)의 後孫 아니냐

彈丸(탄환)이 비ᄲᅡᆯ가치 퍼붓더라도
槍(창)과 칼이 네 압길을 가로막아도
大韓의 勇壯(용장)한 獨立軍士야
나아가고 나아가고 다시 나가라
最後(최후)의 네 피방울 ᄯᅥ러지는 날
最後의 네 살점이 ᄯᅥ러지는 날
네 그리던 祖上나라 다시 살리라
네 그리던 自由ᄭᅩᆾ이 다시 피리라

獨立軍의 百萬勇士(백만용사) 달리는 곳에
鴨綠江(압록강) 魚鱉(어별)들이 다리를 노코
獨立軍의 불근 피가 내ᄲᅮᆷ는 ᄯᅢ에
白頭山(백두산) 구든 바위 길을 열리라
獨立軍의 날낸 칼이 빗기는 날에
玄海灘(현해탄) 푸른 물이 핏빗이 되고
獨立軍의 霹靂(벽력)갓흔 鼓喊(고함)소리에
富士山(부사산)• 소슨 峯(봉)이 문허지노나

나아가세 獨立軍아 한 號令(호령) 밋헤
疾風(질풍)갓히 물결갓히 달려 나가세
하나님의 도으심이 우리에 잇고

• 일본의 후지산.

祖上의 神靈(신령)오서 引導(인도)하리니
怨讎軍勢(원수군세) 山과 갓고 구름갓하도
우리 발에 틧글갓치 흣허지리니
榮光(영광)의 最後勝利(최후승리) 우리 것이니
獨立軍아 疾風갓히 달려 나가세

하늘은 맑앗도다 쌍은 열렷네
榮光의 獨立軍旗 노피 날리네
수풀 갓흔 槍과 칼에 淋漓(임리)한 것은
十年怨恨(십년원한) 씨서 내던 핏줄기로세
빗은 날고 해여진 우리 軍服(군복)은
長白山(장백산) 狼林山(낭림산)을 長驅(장구)한 標(표)요
우레갓히 몰려오는 萬歲(만세) 소리는
漢陽城(한양성) 大勝利(대승리)의 凱旋歌(개선가)로다

제47호 _ 대한민국 2년(1920) 2월 17일, 1면

韓國靑年遺恨勿忘
한국청년유한물망

中華江淮 張錫山
중화강회 장석산

朝鮮遺亡休便休	조선의 망명객이 휴식을 취하니
白蘋吹盡鴨江秋	흰 마름꽃이 가을이 든 압록강으로 끊임없이 흘러 간다네
韓人不是悲秋客	한인은 가을을 슬퍼하는 객이 아니니
一任中華相對愁	모두가 중화와 마주 보고 근심한다네

제47호 _ 대한민국 2년(1920) 2월 17일, 1면

三一節(삼일절)

三月(삼월) 初(초)하룻날 우리나라 다시 산 날
漢陽城(한양성) 萬歲(만세) 소리 三千里(삼천리)에 울리던 날
江山(강산)아 입을 여러라 獨立萬歲(독립만세)

三月 初하로날 義人(의인)의 피 흐르던 날
이 피가 흘러들어 金(금)과 玉(옥)이 되옵거든
三千里 自由(자유)의 江山을 꾸미고져

제49호 _ 대한민국 2년(1920) 3월 1일, 1면

즐김 노래

송아지

동무들아
이날을 記憶(기억)하느냐
피와 솟과 눈물로서
너의 祖國(조국)이 다시 산 날
이날에
二千萬(이천만)의 소리가
물결가치 움즈겼다
이날에
三千里(삼천리) 山(산)과 벌이
깃븜으로 써렷다
오오 이날에
이 크고 거룩한 날에
너의 가슴은 끄러오르고
불근 두 쌤은 눈물로 빗낫다

同(동)무들아
이날을 記憶하느냐
빗 거문 주금의 옷을 바리고

受難者(수난자)의 불세례를 밧던 날

이날에

너의 父母(부모) 同생 어린 것

피 ᄲᅮ려 거륵한 싸홈의 先驅(선구)를 지엇다

이날에

너의 불 븟는 情熱(정열)의 心臟(심장)이

惡(악)한 敵(적)의 銃(총)칼 아페 白熱(백열)되엇다

오오 이날에

이 莊嚴(장엄)과 아픔의 날에

내ᄲᅳᆷ던 聖潔(성결)한 感激(감격)의 피가

黑暗(흑암)한 東亞(동아)에 횃불을 드럿다

동무들아

記憶하느냐 이날을

彷徨(방황)의 曠野(광야) 어둠의 골작에서

悲痛(비통)한 苦難(고난)의 榮光(영광)으로 쒸어나간 날

즐기세 이날을

이날에 네 祖國이 부르던

놀쒸는 절믄 피의 노래로

즐기세 이날을

불븟는 自由(자유)의 祭壇(제단) 우에

尊貴(존귀)한 盟誓(맹서)의 祭物(제물)을 드려서

오오 이날을

祖國과 함씌 즐기세 生命(생명)의
自由의 깃븜의 노래 불너서
가시의 길을 나갈 ᄯᅢ에도
苦難의 못가에 너머질 ᄯᅢ도
祖國과 함씌 즐기세 自由의
偉大(위대)한 노래 불너서 이날을

제49호 _ 대한민국 2년(1920) 3월 1일, 1면

三月一日(삼월일일)

金輿(김여)

黃河水(황하수) 건너 부는 바람
피바람 한숨바람
아아 이날에 數萬(수만)의 無辜(무고)
倭(왜)칼에 倭銃(왜총)에
맛고 죽단 말가
오오 언제나 流血(유혈)이 끗나리
언제나 끗나리

거룩한 싸움 의로운 싸움
어느덧 一年(일년)이로다
地下(지하)의 의로운 英靈(영령)
鐵窓(철창)에 자는 勇士(용사)
그러나 安心(안심)하소서
安心하소서
自由(자유)의 해빗치 正義(정의)의 旗(기)쌀이
새 光彩(광채) 發(발)할 날 머지안나니
머지안나니

奴隷(노예)의 쓸아림

壓迫(압박) 惡刑(악형) 虐待(학대)

아아 생각만 하여도 소름이 씨친다

내 아우 채우든 모양

내 누의 ᄭᅳᆯ니여가든 모양

내 父母(부모)의 여인 魂(혼)

아아 아직도 이 눈에 암암하다

죽어도 이 羈絆(기반)• 은 免(면)하고 말리라

이 羈絆은 免하고 말리라

千萬番(천만번) 다시 죽어도

獨立(독립)은 하고야 말리라

왼 天下(천하) 다 막아도

獨立은 하고야 말리라

三千里(삼천리) 피우애 쓰고

二千萬(이천만) 한아도 안 남아도

獨立은 하고야 말리라

하고야 말리라

이 가슴 쒸는 피 正義의 피

이 팔뚝 흘으는 피 自由의 피

• 굴레.

이 피를 ᄡᅮᆯ일 ᄶᅢ

오오 이 피를 ᄡᅮᆯ일 ᄶᅢ

榮光(영광)의 無窮花(무궁화)

다시 피리라

그려운 祖國江山(조국강산)

歡喜(환희)에 차리라

歡喜에 차리라

제49호 _ 대한민국 2년(1920) 3월 1일, 1면

三月(삼월) 初(초)하로

거록할사 깃거울사 三月 初하로
설흔세 분 이름 두어 獨立宣言書(독립선언서)
大韓國(대한국)은 獨立國 民族(민족)은 自由(자유)라고
놉히 웨치던 三月 初하로

塔(탑)골公園(공원) 午後(오후) 두 時(시) 三月 初하로
霹靂(벽력) 갓흔 大韓獨立 萬歲(만세) 소리가
二千萬(이천만) 大國民의 가슴에 울려
三千里(삼천리) 震動(진동)하던 三月 初하로

제49호 _ 대한민국 2년(1920) 3월 1일, 3면

새 빗

柳榮(유영)

어두운 밤의 幕(막)이 열닌다
새 빗을 ᄯᅴᆫ 해가 東山(동산)에 ᄯᅥ오른다
아아 이날에 韓族(한족)이
熱狂(열광)의 깃븜으로 새 빗을 맛는도다
三千里(삼천리) 山과 들에 瑞氣(서기)가 차고
二千萬(이천만) 살과 ᄲᅧ에 鮮血(선혈)이 ᄯᅱ도다
永遠(영원)히 이 ᄯᅡ에 光明(광명)을 비최일
永遠히 이 몸에 生命(생명)을 대어줄
三月(삼월) 一日(일일)의 새 빗

자는 者(자)여 아침이 니르럿다
갓친 者여 獄門(옥문)을 ᄭᆡ트리라
아아 이날에 韓族이
불근 피로써 自由(자유)를 부르짓는도다
三千里 풀과 나무 二千萬 입살이•
ᄯᅳ거운 萬歲(만세)로 ᄯᅥᆯ도다

• 먹고사는 일.

永遠히 이 싸에 福樂(복락)을 주고
永遠히 이 子孫(자손)의 自由를 비는
三月一日의 萬歲

내 팔을 찍으라 다리도 버히라
槍(창)으로 찌르라 銃(총)으로 쏘라
아아 이날에 韓族의
불갓흔 勇氣(용기)가 나타나도다
그 목숨이 업서지는 마조막 瞬間(순간)에
그는 樂園(낙원)에 노래하는 子孫을 보도다
이 피줄기를 싸라 내려온
이 피줄을 싸라 나려갈
無窮(무궁)히 傳(전)할 이날의 勇氣

모든 陋醜(누추)를 이날에 태우다
모든 罪惡(죄악)을 이날에 씻다
아아 이날에 韓族이
피의 洗禮(세례)로 다시 살도다
다시 산 아들딸의 어엿분 얼굴에
地下(지하)의 祖靈(조령)이 우슴을 씌시도다
새로운 싸에 새로히 살아난
새로운 목숨으로 새로히 살아갈
韓族에게 福이 잇스라

제49호 _ 대한민국 2년(1920) 3월 1일, 6면

무제

鐵絲朱絲(철사주사)로 結縛(결박)한 줄을
우리의 손으로 ᄭᅳᆫ허 바리고
獨立萬歲(독립만세) 우리 소래에
바다이 ᄭᅳᆯ코 山(산)이 動(동)켓네

제49호 _ 대한민국 2년(1920) 3월 1일, 6면

赤十字(적십자)의 노래

耀(요)

한나라의 솟다운 새악시
氣運(기운)찬 사내들
가슴에 붉근 十字標(십자표)하고
압서 나아간다
하나님의 부르심을 조차
正義(정의)와 人道(인도)를
彈丸(탄환)이 빗발 갓흔 데라도
빗내기 위하야

한나라의 솟다운 새악시
氣運 찬 사내들
아름다운 人生(인생)의 사랑을
거록한 싸흠에
나타냄이 너의 자랑이니
傷(상)하고 누운 者(자)는
敵(적)이라고 너의 싸뜻한 손
악기지 마러라

제49호 _ 대한민국 2년(1920) 3월 1일, 6면

大韓(대한)의 누이야 아우야

耀(요)

大韓의 누이야 아우야!
漢陽城(한양성) 날 말근 날
獨立萬歲(독립만세)의 소리가 물결가치 우레가치 우러나갈 째
暴虐殘忍(폭학잔인)한 倭警(왜경)의 비린내 나난 칼이 슬적 빗길 적에
놉히 든 太極旗(태극기)에 피를 쑤리며 써러지는
너의 可憐(가련)한 두 팔을 지금 내가 본다

水原(수원) 花樹里(화수리) 우거진 풀밧히 無道(무도)의 불에 재만 남을 째
罪(죄) 업슨 너의 두 다리가 野蠻(야만)한 倭兵(왜병)의 거츠른 손 미테
찌여짐을 지금 내가 본다

세 마듸 銃(총)소리에 스러진 어린 세 兄弟(형제)의 魂(혼)이여
너의 부르짓는 소리가
쏘 너의 사랑하던 늙으신 祖父(조부)의 痛哭(통곡)하는 소리가
지금 내 귀를 울닌다
오직 너를 生命(생명)가치 알던 너의 어머님 目前(목전)에서
녹쓰른 槍(창) 긋헤 찔려 죽은 어린 同生(동생)아
지금 最後(최후)의 「어머니」를 찻날 너의 絶叫(절규)가

너의 어머님의 마즈막 祈禱(기도)와 함씌 나의 가슴을 쓰린다
아아 ……

아아 大韓의 누이야 아우야!
復活(부활)의 새소리가 우렁차게 大韓나라 坊坊谷谷(방방곡곡)에 퍼져 나갈 째
그 偉大(위대)한 鳴動(명동) 속에 가장 힘 잇게 가쟝 맑게 울니던 너의 목소리가
只今(지금) 나의 가슴을 흔든다

自由(자유)를 爲(위)하야 쌔린 너의 피
말근 中(중)에도 말근 피
어리고 어린 피
生각하면 가슴이 아프고 쓰리고 애츠러운 純潔(순결)의 피

自由를 위하야 부르짓는 소리
말근 中에도 말근 소리
어리고 어린 凜凜(늠름)한 그 소리
들을수록 가슴이 터져오고 눈물이 소사나는
너의 錚錚(쟁쟁)한 목소리

自由를 위하야 우는 우름
말근 中에도 말근 우름
어리고 어린 우름
自由를 爲하야 버린 生命(생명)

말근 中에도 말근 生命
어리고 어린 生命
生각할수록
볼수록 앗갑고도 애츠러운 純全(순전)한 그 生命

아아 大韓의 어린 누이야 아우야!
너의 피는 應當(응당) 벗는 곳마다 ᄭᅩᆾ이 되여 나리라
自由의 祭壇(제단)에 드리는 불고 불근 ᄭᅩᆾ이
너의 소리는 應當 모혀 하늘의 별이 되여 빗나리라
自由의 새 짱을 빗최는 발금의 별이
너의 눈물은 흐르고 흘너 아름다운 眞珠(진주)를 이루리라
勝利(승리)의 花冠(화관)을 光彩(광채) 잇게 하는 光明(광명)의 眞珠를

그리하고 最後(최후)에 自由를 爲하야 주근 肉身(육신)을 ᄯᅥ난 너의 靈魂(영혼)은
應當 祝福(축복)바든 自由의 天使(천사)로 化(화)하엿스리라
나라 위해 싸호는 모든 勇士(용사)의 몸을 직히는 어린 天使가
請(청)컨대 自由의 天使로 化한 大韓의 어린 누이야 아우야
正義(정의)를 위하야 싸호는 거룩하고 의로운 싸홈에
거느리는 者나 좇는 者나 모든 國民(국민)의
모든 戰士(전사)의 마음에 나려오라
그 속에 邪惡(사악)과 奸巧(간교)함을 다 버리게 하고
어린 누이와 아우가 흘니든 피와 다름업슨
맑고 ᄯᅳ거운 情熱(정열)로써 귀한 피를 흘니게 할지어다

大韓의 純潔하고 어린 누이들아 아우들아!

너이들의 부르는 凜凜한 그 소리가
참으로 大韓의 榮光(영광)이 된다 大韓의 生命이 된다
그리하고 그 아릿다운 목소리가 長生(장생)하고 굴거짐에 짜라
너의 나라는 다시 살리라
너의 나라는 다시 너머지지 아느리라

제49호 _ 대한민국 2년(1920) 3월 1일, 7면

三月一日獨立宣言四頭詩
삼월일일독립선언사두시

申江漁人
신강어인

三韓勇士忠義獨　삼한의 용사들은 충성과 의리가 우뚝하여
月下撫劍對天立　달 아래서 칼을 어루만지고 하늘을 마주 보고 서다
一聲萬歲正道宣　한소리로 만세라고 외치면서 정도를 선포하니
日奴喃喃飾巧言　왜적은 주절주절 교묘한 말을 꾸민다

友海
우해

三十三雄志氣獨　33인 영웅의 기상이 우뚝하여
月下倚劍長嘯立　달 아래서 칼을 차고 길게 휘파람을 불며 서 있다
日奴簧舌飾千言　왜적은 달콤한 혀로 천 마디 말을 꾸며대지만
一聲萬歲天下宣　한소리로 만세라고 외치면서 정도(正道)를 선포한다

제49호 _ 대한민국 2년(1920) 3월 1일, 7면

三月一日(삼월일일) 새박에

春艇(춘정) 趙德津(조덕진)

오날은 寂寞(적막)하든 韓半島(한반도)를 震動(진동)식힌 날이다
十年(십년) 동안의 屈寃(굴원)을 伸雪(신설)한 날이다
倍達古族(배달고족)의 精神(정신)을 發揮(발휘)한 날이다
二千萬民(이천만민)의 自由(자유)를 獲得(획득)한 날이다
植民地(식민지) 되엿든 三千里(삼천리)의 故土(고토)를 光復(광복)한 날이다
끈어젓든 五千年(오천년)의 歷史(역사)를 繼續(계속)한 날이다
古朝鮮(고조선)의 國魂(국혼)을 喚起(환기)한 날이다
新大韓(신대한)의 基礎(기초)를 建設(건설)한 날이다
참 오날은 우리의 큰 紀念日(기념일)이라 할지로다

아아 三月一日아
年이 經(경)하고 曆(력)이 新(신)할지라도
오날은 一年一次(일년일차)로 應來(응래)하야 變(변)함과 闕(궐)함이 無(무)할지니
우리 新大韓의 國運(국운)과 共(공)히 하야 億萬斯年(억만사년)에 窮(궁)함이 無하도록
우리 民族(민족)의 永久(영구)한 紀念日을 作(작)케 할지로다

제49호 _ 대한민국 2년(1920) 3월 1일, 7면

弔崔聖橁君
조최성순군

孫貞道
손정도

李春塾
이춘숙

趙德津
조덕진

金鼎穆
김정목

張信國
장신국

桂文玉
계문옥

悼君之長夜不歸　그대의 긴 밤 돌아오지 않음을 슬퍼하네
惜君之芳志未遂　그대의 아름다운 뜻을 이루지 못함을 애석해하네

第53호 _ 대한민국 2년(1920) 3월 13일, 4면

오오 자유!

金輿(김여)

人類(인류)의 어린 씨가
大地(대지)에 써러진 後(후)로
時代(시대)에서 時代에
이 들에서 져 山(산)에
아아 얼마나 만흔 피가 흘넛는가
얼마나 만흔 눈물이 흘넛는가
自由(자유)를 爲(위)하여
自由를 爲하여
오오 自由

寶玉(보옥)이 倉庫(창고)에 가득 차고
왼世上(세상) 歡樂(환락)에 쒸노라도
自由 업는 生活(생활)은 恨(한)의 一生(일생)
自由 업는 목숨은 죽은 목숨
오오 自由

天下(천하)를 주고도 못 밧굴
貴(귀)하고 쏘 貴한 生命(생명)을

하로아츰 草芥(초개)갓치 犧牲(희생)하는 者(자)들아
오오 거룩한 殉義者(순의자)
이 쓰거운 눈물을 밧으라
그럿타 죽어도 自由
오오 自由

죽어도 自由의 죽엄
살아도 自由의 生活
오오 平等(평등)도 福樂(복락)도
自由 잇는 者의게 잇나니
오직 自由 잇는 者의게 잇나니
오오 自由

어제 밤 숨에도
그려운 님의 얼골
異域(이역)의 곤한 잠을 놀내피라
異域의 곤한 잠을
아아 언제나 樂園(낙원)을 차즈리
언제나 福地(복지)를 차즈리
나의 福地
오오 自由

제54호 _ 대한민국 2년(1920) 3월 16일, 3면

海巖鄭昌贇別世文
해암정창빈별세문

宇宙(우주)야
네 품속에 사는 萬類中動物(만류중동물)
動物中에 貴賤(귀천)이 잇느냐
尊貴(존귀)도 잇느냐
大小(대소)도 잇느냐
欲望(욕망)도 잇느냐
快樂(쾌락)도 잇느냐
苦痛以外(고통이외) 무엇인지
解得(해득)지 못하엿노라
宇宙의 答辯(답변)이 업스니시
이 動物은 마음 풀지 못하노라

世上(세상)아
生何(생하)
死何(사하)
情何(정하)
無情何(무정하)

너도 또한 말치 아느니

海巖은 너를 등지고져

제63호 _ 대한민국 2년(1920) 4월 10일, 2면

서름의 글

뒤바보

죽으랴면 안 나거나 낫다하면 안 죽거나
죽은 셋헤 죽는 그 이 뜻이 잇서 죽엇건만
아마도 맛핫던 그 시름을 못 이저스러 하리

꼿님아 지랴거든 열매나 남기거나
꼿지고 열매가니 봄좃차 아니가랴
봄쳘에 노니던 손은 눈물겨워 하노라

제63호 _ 대한민국 2년(1920) 4월 10일, 2면

安泰國先生哀詞
안태국선생애사

李東輝
이동휘

八千里殊邦　팔천 리 타향 땅에서
舊懷恍惚　옛적의 감회가 아득하고
二十年同志　이십 년 동지가
朝露淒涼　아침 이슬처럼 사라지니 처량하구나

李東寧
이동녕

歌朝露泣暮暉　아침 이슬을 노래하고 저녁 햇빛에 눈물 흘리고
哀吾生之無幾　우리의 인생이 얼마 되지 않음을 슬퍼하네
溯往蹟想來日　지난 행적을 거슬러 가면서도 내일을 생각하여
求其還者屬誰　돌아갈 곳을 구한다면 누구에게 맡길 것인가

李始榮
이시영

志未就身先死　뜻을 이루기 전에 몸이 먼저 죽었으니
弔其生之多難　고난이 많았던 그의 삶을 위로하고
名雖留型莫追　명성을 남겼으나 모습은 더 이상 따라갈 수 없으니
後於塵者何範　우리 후배들은 누구를 모범으로 삼아야 할까

申圭植
신규식

曾在太極	옛적 태극에 있었을 때
一見可知堅貞士	한 번 보고는 의지가 굳고 올곧은 지사임을 알았다
夙聞島山	일찍이 도산에게 들었는데
百折不屈二十年	이십 년 동안 백절불굴의 용기를 가졌다고 하였네

金立
김립

典雅莫樊	전아한 그대를 따라갈 수 없어
空懷遺囑	남긴 부탁을 가슴에 품었다
老成難得	노성한 사람은 얻기 어려워
悵望高風	고상한 그대 풍모를 그리워한다

趙琓九
조완구

世事無常	세상일 무상하여
九原惟恨	저승에서도 원통하리라
天奪何速	하늘은 어찌 그리 빨리 데려가는 것인가
千古同哀	천고에 애통하다오

趙梅春 袁鼎
조매춘 원정

大同一偉人	세상의 위인들이
惜乎千古	천고에 애석하게 여기며
社會衆豪士	사회의 많은 호걸들이
慟哉萬年	만고에 애통히 여기네

金九
김구

郭炳奎
곽병규

柳振昊
유진호

立敵廷持節如霜	왜적의 법정에 서서 서리 같은 절개를 가졌고
爲祖國發憤忘食	조국을 위해서 발분망식하였다네

朱賢則
주현측

哭城包胥誰存楚	진나라 성곽에서 통곡한 신포서(申包胥) 아니라면 누가 초나라를 지켰겠는가
踏海魯連豈事秦	동해 바다로 가 빠져 죽겠다는 노중련(魯仲連)이 어찌 진나라를 섬기겠는가
問君何意雲登路	그대에게 묻노니 무슨 생각으로 구름을 타는 길로 갔는가
欲報宣言天上人	하늘나라 사람에게 외치면서 알리고 싶다네

鮮于爀
선우혁

磨折不屈　백절불굴의 용기

仰忠義之惟一　오직 충의를 외친 그대를 우러러보고

博愛公平　박애공평한 마음

慕道德之無雙　둘도 없는 도덕심을 가진 그대를 흠모한다네

金澈
김철

樂園春雨夜初晴　낙원에 밤새 내리는 봄비가 그쳐

默示蒼天若有聲　맑은 하늘을 가만히 보고 있으니 소리가 나는 듯하다

二十年間憂國恨　이십 년간 나라를 근심하였는데

寶樓白白訴眞情　보루에서 명명백백히 진실한 그대 마음 하소연하리라

趙尙燮
조상섭

無雙國士蒙神召　나라에 둘도 없는 지사인데 신의 부름을 받았지만

門闕眞珠天地新　집안에는 인재가 많아 천지가 새로울 것이라네

玉觀彬
옥관빈

五十年一生　　오십 년을 산 삶이지만
惟爲國爲民　　오직 국가와 백성을 위하였다
萬千秋後世　　천년만년 후대에
長留德留蹟　　그대의 은덕과 공적을 남기리라

申翼熙
신익희

動實若虛　　학식이 차 있으면서도 비어 있는 것 같았고
譽高心愈下　　명예가 높아질수록 마음은 더욱 겸손하였고
折磨不屈　　백절불굴의 정신을 가졌고
身沒志益明　　몸은 떠났지만 의지는 더욱 분명하였네

尹顯振
윤현진

老成凋謝　　노성하신 분이 세상을 떠났으니
典型安仰　　모범이 될 만한 사람으로 누구를 의지하겠는가

제66호 _ 대한민국 2년(1920) 4월 17일, 3면

哭東吾先生
곡동오선생

自軒 李元益
자헌 이원익

誓心光復度幾春　조국 광복을 굳게 맹세한 지가 그 어느 때이던가
國士無雙有若人　그대는 둘도 없는 나라의 선비였다네
恭承召命帝鄉去　천명을 삼가 받아 하늘나라로 떠났지만
任重後生感慨新　책임 막중한 후배들은 감회가 새롭다네

제69호 _ 대한민국 2년(1920) 4월 24일, 2면

祝賀獨立新聞
축하독립신문

陽菴生
양암생

朴東奎
박동규

報槌鼓世擬鍾鳴　세상을 울리는 종소리 울림
氣魄夢魂惺復惺　기백과 영혼을 깨우치고 또 깨우쳤다네
劈破群陰神鬼膽　사악한 무리와 귀신의 간담을 통쾌하게 깨부수어
沸挑素熱國民誠　국민의 정성을 뜨겁게 북돋우리라
頂門砭活治癲術　정문일침(頂門一鍼) 하는 살아 있는 치료술이요
耳朶雷輕動蟄聲　귀에는 천둥소리가 난다네
獨立新韓卽初度　독립신문 첫 번째 생일
與君萬歲共長生　그대와 더불어 만세토록 길이 살리라

제70호 _ 대한민국 2년(1920) 4월 27일, 1면

(한인비행학교)

桂園
계원

戎馬多年浪得名	여러 해 동안 전쟁터에 있어 부질없이 명성만 얻게 되어
愧吾今日作干城	오늘은 나라의 간성이 됨이 부끄럽다네
欲破海洋三萬里	해양 삼만 리를 주파하고자
御風先試航空行	바람을 타고 가는 항공 비행을 먼저 시험한다네

제70호 _ 대한민국 2년 4월 27일, 2면

鄕愁(향수)

金輿(김여)

故鄕(고향)에 피던 ᄭᅩᆺ 여긔도 퓐다
故鄕에 울던 새 여긔도 운다
다 갓치 사람이 生活(생활)하는 ᄯᅡᆼ
어대나 瞬間(순간)의 快樂(쾌락) 업스런만은
故鄕의 ᄭᅩᆺ눈에 ᄯᅴ울 ᄯᅢ
故鄕의 새소리 귀에 울닐 ᄯᅢ
이 가슴 그리워 터지려 한다
아아 언제나 도라가리

山(산) 넘고 물 넘어 져긔 져 멀니
아츰 해빗 빗나는 져긔
나 그리는 無窮花(무궁화) 피는 져긔
비록 貧困(빈곤)의 설음이 잇다 하여도
ᄯᅢ로 不意(불의)의 災難(재난) 온다 하여도
쓰던 달던 내 살님사리
아아 언제나 도라가리

가는 비 窓外(창외)에 霎霎(삽삽)히 올 ᄯᅢ

밝은 달 蒼穹(창궁)에 소사오를 때
故鄕의 넷 記憶(기억) 더욱 새로아
오고 가는 바람비에 나의 草屋(초옥)은
얼마나 더 문허젓으며
半百(반백)이 더 넘은 나의 父母(부모)는
얼마나 白髮(백발)이 다하엿스랴
아아 언제나 도라가리

먼 길에 疲困(피곤)한 몸 풀 우에 누어
無心(무심)히 바라보는 北(북)녁 하늘 우
흰 구름 두어 덩이 불니여간다
아아 져 밋헤 나의 님 게시련만은
져 밋헤 나의 동산 푸루련만은
져 밋헤 나의 샘 흐르련만은
아아 언제나 도라가리

사람이 살면은 萬年(만년)을 살랴
하늘게 바든 쌀은 동안을
幸福(행복) 잇게 有用(유용)하게 쓴다 하여도
오히려 最後(최후)의 눈 안 감기거든
하물며 山갓치 싸힌 이 짐을
몸 다하여 맘 다하여 애쓰던 이 몸
속절업시 海外(해외)에 漂泊(표박)의 生活

생각하면 눈물이 더욱 흐른다

아아 언제나 도라가리

제75호 _ 대한민국 2년(1920) 5월 11일, 1면

서름에 잇는 벗의게

송아지

벗이여
哀痛(애통)의 눈물을 거두기 前(전)에 먼져
그대 눈물의 뜻을 깨다르라
벗이여 그대가 아느냐
그대 한 사람의 慟哭(통곡)하는 우름이
온 大韓(대한)사람의 목을 메는 우름임을
그대 가슴을 쓰리게 하는 서름이
그대와 피가 갓흔 모든 무리의 사모친 서름임을
쏘 그대가 咀呪(저주)하는 社會(사회)와 世上(세상)이
불상한 그대 民族(민족)이 다 갓치 咀呪하는 世上임을

아아 벗이여
哀痛의 눈물을 거두기 前에 먼져
그대 눈물의 참뜻을 깨다르라
사랑하는 벗이여 그째야말로
그대는 그대 自身(자신)과 그대 民族을 爲(위)하야
슬픔과 아픔의 눈물로 慟哭할지어다

그리고 倍加(배가)하는 勇氣(용기)와 決心(결심)으로
그 뜨거운 눈물을 가다듬을 지어다

제75호 _ 대한민국 2년(1920) 5월 11일, 1면

祖國(조국)

송아지

偉大(위대)할사 나의 祖國아
나의 어린 時節(시절)의 追憶(추억)이 지금 나의 단쑴을 네게로 잇글어간다
마음을 녹이는 溫帶(온대)의 봄바람에 안기어 복송아나무 그늘에서
그 偉大한 歷史(역사)를 닑고 눈물지던 그쌔
그 눈물의 즐거움
그 갓흔 樂(낙)이 지금은 다시 맛볼 수 업게 되엿다
너는 나와 너머 갓가히 잇서셔 尋常(심상)하여젓다

그러나 偉大할사 나의 祖國아
患難(환난)과 傷心(상심)의 날에 네 일음이 나의 慰勞(위로)가 되며 勇氣(용기)가 된다

네가 나흔 모든 英雄(영웅), 大同(대동), 鴨綠(압록)의 물가에 네의 武勇(무용)을 빗내던
將(장)수들
鷄林(계림) 수풀에 金海(김해) 물가에 建國(건국)의 神話(신화)를 비저낸 너의 그림자
쏘 네가 길러낸 邦國(방국), 民衆(민중)
어는 쌔 나는 배달 夫餘(부여)의 光彩(광채) 가득한 史記(사기)를 보고
가슴이 興奮(흥분)으로 썰님을 쌔다럿다
모든 날근 쑴들이 祖國이란 일음 아레 새 生命(생명)을 가지고 내 피를

슬케 하엿다

偉大할사 나의 祖國아
나의 祖先(조선)의 아름다운 鮮血(선혈)에 花裝(화장)된 祖國아

祖國아 녯날에 너의 ᄯᅡᆼ에서 사람을 나핫섯다
지금 그 人物(인물)은 다 어듸 갓느냐
네 前(전)에 네 우에 文化(문화)의 ᄭᅩᆺ이 피엿섯다
富(부)와 美(미)를 가젓던 녯 都邑(도읍)들아
지금은 묵은 무덤 우에 追想(추상)의 ᄭᅩᆺ조차 시드럿다

그러나 偉大할사 나의 祖國아
世界(세계)를 놀라던 너의 生活力(생활력)의 물결치는 鼓動(고동)이
지금 너의 廢墟(폐허)에 섯는 나의 가슴에도 놀ᄯᅱ려 한다

偉大할사 나의 祖國아
苦痛(고통)과 榮光(영광)으로 復活(부활)한 祖國아
너의 沈勇(심용)과 熱血(열혈)로, 正義(정의)의 소리로, 길고 긴 밤을 헤치고 니러낫다

소와 갓흔 나의 祖國아
世界는 너의 다라남을, 너의 부르짓는 高喊(고함) 소리를 驚嘆(경탄)으로 보고 잇다

다라나라! 그리하야 勝利(승리)에ᄭᅥ지
前에 너의 느린 거름을 비웃던 者(자)를 길 밧그로 헤치고
너의 널분 발굽이 밟는 대로 ᄭᅳᆺ업슨 文化의 道程(도정)으로

偉大할사 나의 祖國아
나의 자랑이오 平安(평안)한 품이 되는 너는
ᄯᅩ 나의 唯一(유일)의 希望(희망)이오 깃븜이 된다
드르라 그의 凄凉(처량)한 부르지짐이 밝아오는 새벽하늘에 氣運(기운)차게
울니여감을……

제81호 _ 대한민국 2년(1920) 6월 1일, 1면

노힌 同胞(동포)를 마즘

尹宗植(윤종식)

엄한 겨울 찬바람에
江山草木(강산초목) 빗업더니
싸힌 눈 다 盡(진)하고
陽春(양춘)이 도라왔네
園中(원중)에 늘근 梅花(매화)
봄바람에 불거 잇고
문 아페 衰(쇠)한 버들
細雨(세우) 속에 풀으럿네
범나비 버레들도
봄을 마자 춤을 추고
ᄭᅬᄭᅩ리 뎌 새 몸도
벗을 불너 노래하니
사람된 이 내 몸은
微物(미물)만 못하고나
그러나 丈夫(장부)의 맘
엇지 그리 구구하리
劍(검)을 가러 집고 셔니
원수 무리 蟻陣(의진)갓다

國家事業 成就後에
국가사업 성취후
다시 맛나 喜樂하리
희락

제81호 _ 대한민국 2년(1920) 6월 1일, 1면

哀崔總長死節
애최총장사절

心局生
심국생

白首風塵老壯遊	풍진 세상에 백수로 호쾌하게 유랑하였는데
韓魂凜烈徹天幽	대한의 혼 늠름하게 구천을 관통하네
腰佩龍泉磨日月	허리에 용천검(龍泉劍) 차고 해와 달을 베고자 하였고
手探虎穴決春秋	손으로는 호랑이 굴을 더듬어 역사를 결단 내고자 하였다네
精靈磅礴三千里	정령은 삼천리강산에 가득 차고
危節空通六大洲	곧은 충절은 육대주에 통하였네
從此平和餘有血	평화란 피를 뿌린 뒤에 있는 것
殘花啼鳥爲誰愁	지는 꽃, 우짖는 새는 누구를 위해 슬퍼하는가

제81호 _ 대한민국 2년(1920) 6월 1일, 2면

祝獨立新聞
축독립신문

大韓獨立軍備總團
대한독립군비총단

如山之靜	산처럼 고요하지만
如海之動	바다 같은 움직임이 있네
惟我新聞	우리 독립신문은
與山與海	산과 바다라네
不猗是德	아름답지 않은가 이 덕행
不息其力	쉬지 않는 그 노력
不猗不息	아름답지 않은가 중단하지 않으니
建我國號	우리 대한의 국호를 세우리라

제81호 _ 대한민국 2년(1920) 6월 1일, 4면

三千(삼천)의 怨魂(원혼)

春園(춘원)

二年十月之變(이년시월지변)에
無道(무도)한 倭兵(왜병)의 손에
타 죽고 마자 죽은 三千의 怨魂아
너의 屍體(시체)를 무더줄 이도 업고나
너희게 무슨 罪(죄) 잇스랴
亡國百姓(망국백성)으로 태여난 罪
못난 祖上(조상)네의 ᄭᅵ친 孼(얼)을 바다
寃痛(원통)코 慘酷(참혹)한 이 ᄭᅩᆯ이로고나
무엇으로 너희를 위로하나
아아 가업는 三千의 怨魂아
눈물인들 무엇하며 슬픈 노랜들
너희의 寃恨(원한)을 어이할 것가
怨魂아! 怨魂아!
소리가 되여 웨치고 피비가 되여
ᄭᅮᆷᄭᅮ는 同胞(동포)네의 가슴에 ᄲᅮ려라
너희 피로 적신 ᄯᅡᆼ에
太極旗(태극기)를 세우랴고

제87호 _ 대한민국 2년(1920) 12월 18일, 1면

輓詞
만사

申檉
신정

陣亡將士에게
진망장사

丹心如侇除無道 백이(伯夷) 같은 일편단심으로 무도한 놈을 제거하고
碧血成渠灌自由 정의를 위해 흘린 피 강물을 이루어 자유를 갈망하는 사람에게 흘러간다

姜義士에게
강의사

爲國捐軀 나라 위해 목숨 바쳐
成仁取義 인도를 실천하고 정의를 이루었으니
猶與安公傳青史 안중근 의사와 함께 역사에 전해지리라
副車誤中 수레를 맞히는 바람에 적중은 하지 못하였지만
除暴救亡 폭정을 제거하고 나라를 구하고자 하였으니
還期博浪留令名 박랑사(博浪沙)에서 진시황을 죽이고자 했던 장량(張良)처럼 아름다운 명성을 기대하리라

제87호 _ 대한민국 2년(1920) 12월 18일, 1면

져 바람소리

春園(춘원)

져 바람소리!

長白山(장백산) 밋헤는 불지를 말어라

집 일코 헐벗은 五十萬(오십만) 동포는

어이 하란 말이냐

져 바람소리!

인왕산 밋헤는 불지를 말어라

鐵窓(철창)에 잠 못 이룬 國士(국사) 네의 눈물은

어이 하란 말이냐

져 바람소리!

만쥬의 벌에는 불지를 말어라

눈 속으로 쏫기는 가련한 용사들은

어이 하란 말이냐

져 바람소리!

江南(강남)의 닙 썰린 버들을 흔드니

피눈물에 늣기는 나의 가슴은

어이 하란 말이냐

제87호 _ 대한민국 2년(1920) 12월 18일, 2면

間島同胞(간도동포)의 慘狀(참상)

春園(춘원)

불상한 間島同胞들

三千名(삼천명)이나 죽고

數十年(수십년) 피땀 흘려 지은 집

벌어들인 糧食(양식)도 다 일허버렷다

尺雪(척설)이 싸힌 이 치운 겨울에

엇더케나 살아들 가나

먼히 보고도 도와줄 힘이 업는 몸

속절업시 가슴만 아프다

아아 힘!

웨 네게 힘이 업섯던고

내게도 업섯던고

아아 웨 너와 내게 힘이 업섯던고

나라도 일코

기름진 故園(고원)의 福地(복지)를 써나

朔北(삭북)에 살길을 찻던

그 둥지조차 일허버렷고나

오늘 밤은 江南(강남)도 치운데

長白山(장백산) 모진 바람이야

으즉이나 치우랴

아아 생각히는 間島의 同胞들

제87호 _ 대한민국 2년(1920) 12월 18일, 3면

(경신참변을 당한 간도동포들에게)

북간도동포구제연설회에서 부른 노래

一.

느즌가을　붉은달은
동창에다　물드리고
나는기력　울어잇고
부난바람　쓸쓸한대
북편으로　오는쇼식
원슈에게　학살밧어
죽고샹한　나의동포
호소하는　소래로다

二.

늙은부모　자녀일코
애통하는　그의졍형
어린아해　부모일코
울며찻는　그의형상
싱각사록　긋이업고
뜻할사록　아득하다
흉악한뎌　원슈씌셔

구원할자 그뉘런가

三.

치운하늘 싸힌눈속
집을일코 써는아해
주린챵자 움켜쥐고
원슈칼을 막는부로
피와눈물 색린속서
구원할쟈 그뉘런가
오날모힌 내동포야
자지말고 니러나라

제87호 _ 대한민국 2년(1920) 12월 18일, 4면

美國軍人(미국군인)이 韓國(한국)에 傳(전)한 詩(시)

칼톤 웰드 켄델●

니러나라 韓國이여
精神(정신)을 놋치 말고 니러나거라
日本(일본)의 무거운 武器(무기)로써
너희 旗(기)를 두루게 하지 말라
너희 結縛(결박)한 줄을 ᄭᅳᆫ허바리고
壓制者(압제자)의 勢力(세력)을 버서나거라
너희 戰士(전사)를 부르라 奴隷(노예) 나라여
너희 나라의 目的(목적)으로 싸홀지니
어긔어차 니러나거라
白頭山(백두산) ᄭᅩᆨ닥이로붓터
釜山(부산) 압 바다가헤서
너의 줄을 버서 바리고
太極旗(태극기)를 놉히 날니며
어기어차 니러나거라
아! 그 時機(시기)가 갓가왓스니

● Calton Waldo Kendall. 『한국의 진상』을 저술.

萬歲(만세)의 霹靂(벽력) 갓흔 讚揚(찬양)이
그 소래가 天地(천지)를 振動(진동)한다
불갓흔 칼을 손에 들고
奮鬪(분투)하라
正當(정당) 要求(요구)로
너희 自由(자유) 너희 國土(국토)
니러나라 어기어차

제88호 _ 대한민국 2년(1920) 12월 25일, 1면

元旦三曲(원단삼곡)

春園(춘원)

大統領(대통령) 오시도다 우리의 元首(원수)시니
國民(국민)아 맘을 묵거 禮物(예물)로 드리옵고
잔 들어 새해의 福(복)을 비옵고져 하노라

새해 새해라니 무슨 해만 녀기는다
合(합)하면 興(흥)할 해오 分(분)하면 亡(망)할 해니
國民아 새해 인사를 「合합시다」 하여라

나라일 나라일 하니 무슨 일만 녀기는다
저마다 돈을 내고 재조 내여 힘을 모흠
국민아 새해 祝願(축원)을 「모흡시다」 하여라

제89호 _ 대한민국 3년(1921) 1월 1일, 1면

大統領歡迎
대통령환영

國民(국민)아
우리 臨時(임시)大統領 李承晩(이승만) 閣下(각하)
上海(상해)에 오시도다
우리는 무슨 말로 우리의 元首(원수)를 歡迎하랴
우리 民國의 첫 元首를 우리 故疆(고강)의 서울에서 맛지 못하는
悲哀(비애)를 무슨 말로 表(표)하랴

國民아
慟哭(통곡)을 말고 希望(희망)으로 이 決心(결심)을 하쟈
우리의 元首, 우리의 指導者(지도자), 우리의 大統領을 ᄯᅡ라
光復(광복)의 大業(대업)을 完成(완성)하기에 一心(일심)하쟈 合力(합력)하쟈
그는 우리의 大元帥(대원수)시니 獨立軍人(독립군인) 되는 國民아
우리는 그의 指導(지도)에 順從(순종)하쟈 그의 命令(명령)에 服從(복종)하쟈
죽든지 살든지 괴롭거나 즐겁거나 우리는 우리의 生命(생명)을
그의 號令(호령) 밋헤 바치자
진실로 우리 大統領을 歡迎할 ᄯᅢ에 우리가 그에게 밧칠 것은
花冠(화관)도 아니오 頌歌(송가)도 아니라 오직 우리의 生命이니

우리의 生命이 가진 尊敬(존경)과 知識(지식)과 技能(기능)과 心誠(심성)을 다 그에게 드리고
마츰내 그가 「나오너라」 하고 戰場(전장)으로 부르실 때엣 一齊(일제)히 '네' 하고 나셔쟈

民國三年(민국삼년) 元旦(원단)에 國民아 一心으로
「우리 大統領 李承晚 閣下 萬歲(만세)」를 놉히 부르쟈

제89호 _ 대한민국 3년(1921) 1월 1일, 1면

새해의 생각

海史 李英烈
해사 이영렬

해가 갈니우매 새해라 새해라 하지마는
물건도 낡고 사람도 낡고 일도 낡으니
세상은 작고 낡아갈 샌이로다
날이 가고 달이 가고 해가 가니
어재 젊던 사람 오날은 늙고
어재 퓌던 쏫 오날은 말낫도다
바다 밧게 써도는 살님을 시작한 지
벌셔 두 번재의 해가 밧괴노나
하늘도 낡앗고 쌍도 낡은 듯십다
세상이 다 낡어 만나기 새해라 부르지 말고 낡은 해라 부를가
아니다 다 낡아 가는대 하나 안 낡은 것이 잇다
하날도 낡고 쌍도 낡고 사람도 낡으되
이 붉은 마음 하나는 해마다 더 새로울 샌이로다
새로웨라 새로웨라
자유의 고국에서 독닙의 개션가를 부르는 날ᄭᆞ지
낡은 줄 모르고 새롭기만 하여라
새해로다 새해로다

새로운 마음 새로운 정신을 가지고

새 하늘 새 산쳔에서 새 노래를 불러보쟈

제89호 _ 대한민국 3년(1921) 1월 1일, 1면

新年(신년)에 全國同胞(전국동포)의게

一齋(일재) 金秉祚(김병조)

百萬名(백만명)의 날카로온 우리 勇士(용사) 一時(일시)에 니러나
十三道(십삼도)에 국게 닷친 모든 鐵窓(철창) 一時에 ᄭᅵ트러
二千萬(이천만)의 結縛(결박)밧은 원슈 鐵絲(철사) 一時에 풀녀가고
東西球(동서구)에 渙散(환산)한 이 우리 同胞 一時에 모혀들어
自由鐘(자유종) 올니난 소리 掀天動地(흔천동지)하는 그날
오직 全能(전능)하신 上帝(상제)ᄭᅴ 祝禱(축도)할 ᄲᅮᆫ
아멘

제89호 _ 대한민국 3년(1921) 1월 1일, 1면

新年有感
신년유감

一齋
일재

仁王山下路將開　인왕산 아래에 길이 열려
活舞男兒催上臺　사내들이 신나게 춤을 추며 대(臺)에 오르네
一年事與更籌盡　한 해 일을 꾸리고자 다시 계책을 내니
萬樹春從斗柄回　나무에는 봄이 오고 북두칠성이 돌아오네

匣裏劍鳴公道出　칼집 속에 칼이 울어 공명정대한 도리를 외치는데
風前鐘報自由來　바람 앞에 퍼지는 종소리에 자유가 도래하고
肯使蒼生投苦海　고해에서 허덕이는 백성들을 위하고자
天翁也遣濟川才　하늘 또한 역경을 구제할 인재를 보낸다네

제89호 _ 대한민국 3년(1921) 1월 1일, 1면

新年祝賀歌
신년축하가

愛國歌律
애국가율

張聖山
장성산

一.

축하하세 림시정부
하날 명을 밧아
신국가를 완성하야
년년 향복하세
국토를 신년에
광복하야
대한사람 독립으로
기리 사라보세

二.

축하하세 독립신문
하로라도 쉼 업시
신년사업 더욱 발전
년해 션뎐하세

三.

축하하세 독립군인

하나갓치 나가
신긔하게 왜적 칠 때
년전년승하세

四.
축하하세 각 단톄여
하나가 되여서
신실하게 활동하며
년합 젼진하세

五.
축하하세 이쳔만 인
하나 빠짐업시
신셩하게 통일하야
년락 진츙하세

六.
축하하세 해외동포
하로밧비 힘써
신복디로 도라갈 해
년 금 민국 삼 년

제89호 _ 대한민국 3년(1921) 1월 1일, 1면

敬祝獨立新聞
경축독립신문

金澈
김철

神斧鬼誅	신령한 도끼로 귀신을 죽이니
日昇月恒	해도 솟고 달도 밝다네
春秋大義	역사의 큰 의리를 밝히니
河山重整	산하가 다시 정돈되겠네

제89호 _ 대한민국 3년(1921) 1월 1일, 1면

새해 노래

송아지

새해여 이 새해는
봄비 부어 푸른 엄 돗고
봄바람에 꼿이 피듯
이쳔만의 가슴마다
짜뜻한 사랑을 피게 하쇼셔

새해여 이 새해에
첨 새는 날은 더 붉으며
첨 돗는 해 더 빗나셔
삼천리 골골마다
광명으로 채우게 하쇼셔

새해여 이 새해를
맛는 경셩 더 뜨겁고
뜨겁고도 긔운차서
또 오는 새해 마즐 째는
더 깃분 노래 부르게 하쇼셔

제89호 _ 대한민국 3년(1921) 1월 1일, 3면

追悼歌(추도가)

洪植(홍식) 外(외) 六義士(육의사)[•]를 爲(위)하야

竹林(죽림)

一.

슬푸다 殉國(순국)하신 여러 同志(동지)야
나를 두고 兄(형)님네난 만져 갓고나
兄님아 將來事業(장래사업) 엇지하고서
오날날 이 地境(지경) 웬일이가

二.

끌난 피 콸콸 흘너 肉身(육신) 써날 적
其(기)쌔 情形(정형) 生覺(생각)사록 참 哀痛(애통)코나
國家(국가)와 同族(동족) 爲해 生命(생명) 일흔 것
兄弟(형제)야 姉妹(자매)야 生覺하나냐

三.

光復軍司令部(광복군사령부)의 特派員(특파원)으로
龍義宣鐵(용의선철) 出張(출장)하야 視務(시무)하난 중

• 백의범(白義範), 조시목(趙時穆), 김태희(金泰熙), 고득수(高得秀), 김세진(金世珍), 안효준(安孝俊).

成績(성적)과 民心歡迎(민심환영) 第一(제일)이더니
하날이 仁人(인인)을 웨 아삿갓나

四.

兄님아 未盡事業(미진사업) 恨(한)을 말어라
이 동생들 나마 잇서 復讎雪冤(복수설원)코
國土(국토)를 光復(광복)한 後(후) 싸라가리니
其時(기시)에 반가히 맛나봅시다

五.

鴨綠江(압록강) 건너가서 倭賊(왜적) 滅(멸)하고
兄님들의 남은 肉體(육체) 부더 안고서
忠義壇(충의단)을 나가서 慰問(위문)할 날이
天理(천리)가 잇스면 速(속)히 오리라

六.

우리는 肉體로써 敵(적)과 싸호고
兄님들은 精靈(정령)으로 陰助(음조)하여서
世界上(세계상) 人道正義(인도정의) 復活(부활)식히고
無道(무도)한 倭奴罪(왜노죄) 聲討(성토)하리라

七.

이 同生(동생) 한 말로써 付託(부탁)하는 것

兄님들의 죽음은 죽음 아니고

半萬年(반만년) 祖國歷史(조국역사) 빗나난 날에

兄임의 芳名(방명)은 永生(영생)하리라

제92호 _ 대한민국 3년(1921) 1월 27일, 4면

感墾北悲報
감간북비보

玉峰
옥봉

落木蕭蕭北塞寒　쓸쓸히 낙엽 져 북방 차가운데
三千怨血滿空山　삼천 원혼의 피 빈산에 가득하다
十年有恨磨霜劍　십 년간 한을 품고 서슬 서게 칼 갈았으니
仇敵未平死不還　원수를 평정하지 못하면 죽어도 돌아가지 않으리

제92호 _ 대한민국 3년(1921) 1월 27일, 4면

半島歌
반도가

容庵 金泰淵
용암 김태연

一.

금슈강산 三千(삼천)리에 됴흔 경개는
텬연으로 비져내인 공원이로다
산은 놉고 물은 빗난 고흔 모양이
한 폭 그림일세
만셰만셰 우리나라
만셰만셰 우리강산
만셰만셰 우리반도
거룩한 ᄭᅩᆺ동산

二.

호호탕탕 태평양에 넓은 그 물은
동셔남을 보기 됴케 둘너잇스며
북편으로 련한 대륙 ᄭᅳᆺ이 업스니
슈륙 젼진하세

三.

백두산이 북에 소사 남에 ᄭᅳᆺ치며

남해 속셔 소사나니 한라산일세
그 가온대 금강산악 一(일)만 二千(이천)이
병풍갓치 섯네

四.
거룩하다 반도로 된 화원 속에셔
쒸고 노는 二千만의 딸과 아달들
아름답고 건장함이 녯날 에던에
아담 에와 갓다

五.
반만년의 긴 력사를 등에 실은 후
二千만의 귀한 자녀 품에 안고셔
용밍 잇게 쒸며 가는 반도형세가
맹호 긔샹일세

제94호 _ 대한민국 3년(1921) 2월 17일, 1면

光復祈禱會(광복기도회)에서

春園(춘원)

하나님이시어
불상한 이의 發願(발원)을 들어주신다는
하나님이시어

일허버린 나라
그 안에 우짓는 가엽는 同胞(동포)들
건져주소셔

늣도록 밧븐 일에 피곤한 몸을
겨울 새벽 닭의 소리에 닐으켜
人跡(인적) 업는 길로 당신의 집을 차져갑니다

亡命(망명)의 異域(이역) 길치인 오막사리 검을은 불빗에
말 업시 모혀 안즌 男女(남녀)의 얼골을 봅시오
思鄕(사향)과 憂國(우국)의 눈물에 붉은 눈들을 봅시오

푹 숙으린 고개
멀니 쌍 밋헤셔 오는 듯한 쩔리는 祈禱(기도)의 소래

검은 바람갓치 왼 방안으로 휙 도는 구슯흔 늣김

「지아비를 일흔 안해 아들딸을 일흔 어머니
주여 그네의 피눈물을 씨서 주시고 소원을 일워 주소서」
— 아아 이 진졍의 발원

무덤에 한 발을 노흔 八旬(팔순)이 넘은 할머니
쳘도 나지 아니한 어린 아해 閨中(규중)에 깁히 자란 處女(처녀)들ᄶᅵ지
「하나님이시여」 부르는 그네의 부르는 소리를 들읍시오

가장 나즌 짱의 한모퉁이에서 불으짓는
이 불샹한 무리의 긔도가 燔祭(번제)의 내와 갓치
구름을 지나 별을 지나 당신의 寶座(보좌)로 오르게 합시오

제94호 _ 대한민국 3년(1921) 2월 17일, 3면

三一節有感(삼일절유감)

一齋(일재) 金秉祚(김병조)

元年(원년) 이날붓터 흐르난 피난 이ᄯᅢᄭᆞ지 마르지 안엇다
元年 이날부터 우난 소래난 이ᄯᅢᄭᆞ지 그치지 안엇다
元年 이날부터 닷친 鐵窓(철창)은 이ᄯᅢᄭᆞ지도 열니지 안엇다

흐르난 피야 갑 업다고 셜워 마러라
伸寃(신원)하실 이가 네 압헤 계시다
우름 소래야 ᄯᅳᆺ 업다고 애타지 말어라
모든 良心(양심)이 너를 向(향)하야 귀를 기우린다
鐵窓이 限(한) 업시 닷쳣다고 슯허 마러라
公道(공도)의 열쇠가 門(문) 압헤 갓가왓다

오날ᄭᆞ지도 犧牲(희생)이 된 兄(형)과 뉘이야
설워 말고 애타지도 말고 슯허도 말어라
너는 네 職分(직분)을 다하엿스니 生亦榮(생역영) 死亦榮(사역영)ᄲᅮᆫ이로다

東西(동서)로 分竄(분찬)하고 南北(남북)으로 漂流(표류)하난 靑年同胞(청년동포)야
同彈(동탄)에 不死(불사)하고 同獄(동옥)에 不囚(불수)하엿다 붓그럽다 뷘말 말고
네 힘이 밋난 대로 네 時間(시간)이 잇난 대로 一臂(일비)의 力(역)이라도

一秒(일초)의 時라도 獨立(독립)을 위하야 일하는 것이
此果然(차과연) 三一節의 精神(정신)이니라

人民(인민)의 代表(대표)이며 機關(기관)의 重任(중임)이며 團體(단체)의 首領(수령)들아
往事(왕사)를 追究(추구)하야 孰是孰非(숙시숙비)의 歸咎(귀구)를 勿思(물사)하고
今是昨非(금시작비)를 覺(각)하는 대로 奮發(분발)하난 것이
此果然 三一節의 精神이니라

平地(평지)에 一簣(일궤)도 進進不已(진진불이)하는 者(자)는 高山仰止(고산앙지)의 日(일)이 必有(필유)할지며
半途(반도)에 跬步(규보)를 畫而趑趄(화이자저)하는 者는 地獄當前(지옥당전)의 苦(고)를 未免(미면)하리니
此난 三一節의 擧國同胞(거국동포)의 要箴(요잠)일지니라

言(언)에도 必成(필성) 筆(필)에도 必成 事(사)에도 必成
오직 必成을 是究(시구)하며 必成을 是圖(시도)하고 必成을 是信(시신)하난 者난
모다 三一節에 誕生(탄생)한 新男兒(신남아)요
言에도 不能(불능) 筆에도 不能 事에도 不能
오직 不能을 是談(시담)하며 不能을 是書(시서)하며 不能을 是思(시사)하난 者난
모다 三一節에 脫落(탈락)하야 腐敗的(부패적) 罪魁首(죄괴수)샌이니라

小忿(소분)을 참지 못한 摩西先生(마서선생)* 은 느보山** 一片土(일편토)에 魔鬼(마귀)가 싸오

* 「구약성서」에 나오는 모세.

** 모세가 이스라엘 백성을 이끌고 이집트를 탈출하고 가나안 땅을 바라본 뒤 죽음을

난 屍體(시체)싼 깃쳐스며
밋음이 確固(확고)한 約書亞大將(약서아대장)●은 가나안 福地(복지)에 第一世(제일세) 大統領(대통령)
이 되엿도다

怨望(원망)하지 말나 魔鬼의 길이니
魔鬼가 오면 予及汝(여급여)로 偕亡(해망)이요
落心(낙심)하지 마라 滅亡(멸망)의 門이니
入(입)하난 者마다 哀哭切齒(애곡절치)하나니라

維新(유신)하라 此日(차일)부터 又新(우신)하라
날마다 쓰난 太陽(태양) 아춤 새 빗치 瑞氣(서기)를 放(방)하나니라
反省(반성)하라 此日부터 反省하라
날마다 三省(삼성)만 하여도 神(신)그러온 聖人(성인)을 作(작)하나니라

제96호 _ 대한민국 3년(1921) 3월 1일, 2면

맞이했다는 산.

● 「구약성서」에 나오는 여호수아.

三一節詩
삼일절시

一齋
일재

新亭去後又今遊	신정에서 떠난 후 오늘 또 유랑하니
觀感正如百六秋	보고 느끼는 마음이 참으로 안타깝구나
人失所望便地獄	사람이 희망을 잃으면 곧 지옥이라
我將此信踏靑邱	나는 이런 신념을 가지고 조국으로 가겠네
溟鵬一日逐風勢	바다를 나는 대붕은 매일 바람 타고 달리며
楚鳥三年鳴阜頭	초나라 새는 삼 년 동안 언덕에서 울부짖었네
對泣本非分內事	마주 보고 눈물 흘림은 본래 분수에 맞는 일이 아니라
衆誠合處大功收	많은 사람의 정성을 합쳐 큰 공적을 이루리라

제96호 _ 대한민국 3년(1921) 3월 1일, 2면

三一節所感(삼일절소감)

不二門(불이문) 任在鎬(임재호)

昨年今日(작년금일)

來年今日(내년금일)은 漢城(한성)에서 하리라든 祝賀(축하)

今年今日(금년금일)

슬픔의 눈물노 쏘다시 이곳에서 두 번재의 祝賀을

이것

하날의 도움이 不足(부족)함일가?

來年今日이야말노

목숨 바처 맹세하노라

漢城에서 세 번재인 첫 회의 祝賀를

제96호 _ 대한민국 3년(1921) 3월 1일, 3면

三月(삼월) 하루

容庵(용암) 金泰淵(김태연)

三月 하루!
세해 젼에 업든 三月 하루
十年間(십년간) 싸흔 압흠에서
맷친 열매 오늘 三月 하루
종에 멍에 아래로서
울고 한하던 속에서
엇어나온 三月 하루!

三月 하루!
罪(죄) 업는 피와 살고기를
흘녀 쏠이고 헷쳐서
千古(천고)에 싸은 흠을 쌜고저
거룩한 우리 歷史(역사)를
길게 빗내려고 애닯게
차즌 오늘 三月 하루!

三月 하루!
젓 먹는 어린의 목으로

웻친 萬歲(만세) 소래에서
고사리 갓흔 손을 들어
원수의 챵을 막움에서
하누님 마음이 늣김으로
엇운 오날 三月 하루!

三月 하루!
韓村(한촌)에 새악시와 애들!
흙우헤 쏠인 붉은 피
창씃에서 터진 유방 속
연약한 입설이 헤지고 타시
애닯어하는 그 가슴속으로!
生産(생산)된 이 三月 하루!

三月 하루!
피와 압흠으로 산 이날!
고기와 죽음으로 밧곤 이날!
半萬年(반만년) 긴 時干(시간)에 한 번인 오날!
億萬年(억만년) 압 時干에 다시 업슬 이날!
슯음의 씃 깃붐의 시작!
아! 잇지 못할 이 三月 하루

三月 하루!

이날! 鷄林(계림) 뜰서 들니운 첫닭의 울음
이날! 韓村에서 울니운 새벽죵!
이날! 우리의 옥을 씻치고
이날! 우리의 고통을 벗기고
이날! 배달의 아달과 딸을
새로 나은 이날! 三월 하루!

三월 하루!
二千萬(이천만) 가슴속서 결정되여
찍힘 베임 죽임 갓힘 속에서
내 生命(생명) 네 生命 代價(대가)로 쥰
쓸이고 압흐고 깃부고 쾌활한 이날!
긔억하며 또다시 결심하자
三월 하루에 나흔 子女(자녀)여!

三月 하루!
이날이 나의 生日(생일)! 네의 生日!
이날이 엄마와 압바의 生日!
이날이 언이 누이의 다시 난 生日!
한 번 잇섯지만 다시 못 둘 이날!
이날에 生産된 새 대한의 새 아들과 딸
이날을 아느냐? 三月 하루?

제96호 _ 대한민국 3년(1921) 3월 1일, 3면

三一節祝賀式有感
삼일절축하식유감

惺儂
성농

國憶宣言吉月三	지난 기미년 선언 이후로 삼 년이 된 것을 회상하니
滬南今日歲經三	상해(上海) 생활도 오늘로 삼 년이 지났네
軍樂聲中歌合一	군악대와 노랫소리 하나로 어우러지고
國旗影下祝呼三	국기 그림자 아래 만세삼창 외치네
誓吾必往雖千萬	적들이 많아도 우리는 반드시 가겠다고 맹서를 하고
斥彼無良德二三	저 선량하지 못한 사람들을 배척하네
籲天義血成洪水	하늘에 호소하니 의로운 피가 홍수를 이루어
淹沒區區小島三	하찮은 작은 섬 몇 개를 가라앉히리라

又

郇石
순석

壯哉三月一	장하다! 3월 1일
痛矣三月一	애통하다! 3월 1일
三百郡義血	삼 백이나 되는 고을에서 의로운 피를 흘렸으며
三年如一日	삼 년이 지났지만 하루와 같네
三千里寃淚	삼천리에서 원통하게 흐르는 눈물

一日如三年　　하루가 삼 년 같구나
狂歌一唱仍三嘆　모두가 목이 터지게 노래를 부르면서
泣訴三一聖父前　하느님 앞에서 눈물로 호소하네

제97호 _ 대한민국 3년(1921) 3월 5일, 4면

時局(시국)에 嘆(탄)하야

竹林(죽림)

一.

뭇노라 ●● 잇는 여러 同志(동지)들
最高幹部(최고간부) 當局(당국) 諸氏(제씨) 平安(평안)하시며
光復(광복)의 事業進行(사업진행) 엇더하던가
南天(남천)을 바라보고 밤낫 祝願(축원)이로다

二.

東西(동서)로 亡命十年(망명십년) 苦楚當(고초당)타가
國家(국가)를 重建(중건)코져 모허든 同志
반갑건들 오죽하며 慰勞(위로)는 얼마랴
死生(사생)을 갓치 할 줄 깁히 밋엇다

三.

모히기 始作(시작)한 지 얼마 안 되여
무슨 意見(의견) 不同(부동)하야 또 써나는가
오며 가며 하는 동안 歲月(세월) 다 가고
其中(기중)에 죽는 것은 國民(국민)이로다

四.

누구는 反對(반대)하고 누구는 辭免(사면)하며
무슨 會(회) 發起(발기)하고 무슨 글 發布(발포)하야
네 意見 내 主張(주장)을 서로 닷토니
이 밧게 더 할일이 또 업던가

五.

制度變更(제도변경) 根本解決(근본해결)하는 동안에
內外地(내외지)의 獨立軍(독립군)은 다 죽는다
닷토아 改正(개정)할 그 時間(시간)으로
한 가지 準備(준비)하면 成功(성공)하리라

六.

猛烈(맹렬)한 銃(총)소래와 酷毒(혹독)한 그 惡刑(악형)을
안 當하고 못 드러서 平安하던가
이러게 時日(시일)을 보내다가는
冊床(책상) 우에 決議案(결의안)은 空文(공문)되리라

七.

多少(다소)의 遺憾(유감)됨이 잇슬지라도
한 일 두 일 矯正(교정)하야 實行(실행)하면서
和樂中(화락중)에 團結(단결)하야 前進(전진)만 하면
萬事(만사)의 어느 것을 못 일우울가

八.

貴(귀)하게 흘닌 피를 虛(허)되게 말고
銃劍中(총검중)에 잇는 同胞(동포) 도라보소서
歲月을 虛送(허송)하고 實力(실력) 놋치면
大敵(대적)을 물니칠 날 멀어지리라

제98호 _ 대한민국 3년(1921) 3월 12일, 4면

獨立新聞(독립신문)의 百號(백호)를 마즈면서

큰못

아가 네가 벌서 百號가 되엿느냐
呱呱(고고)히 울던 ᄯᅢ가 어제날 갓흔대
ᄭᅩᆺ다운 江山(강산)이 너를 기다릴 그 ᄯᅢ는
億萬蒼生(억만창생)이 너를 바랄 그 ᄯᅢ는
아 네가 남을 손곱아 苦待(고대)햇슬 ᄲᅮᆫ
엇지 네 今日(금일)을 ᄭᅮᆷ햇스랴

아가 가쟝 의미가 잇난 네 百號
네의 애처러운 울음이 空間(공간)에
네의 애닯은 소래를 우리 ᄯᅡ에
싸인 空氣(공기)를 움직힌 지가
열닌 귀속에 고막을 울닌 지가
아 벌서 百번이 되엿더냐

아가 네 일홈이 독립신문이다
네 어엽분 얼골 사랑스런 태도
暗黑洞天(암흑동천)에 붉은 光線(광선)갓치
嚴冬(엄동)을 지난겨울 東山(동산)에 春色(춘색)갓치

有情(유정)하고 幸福(행복)스럽고 榮光(영광)스럽게
神(신)께 萬福(만복)을 밧어가지고 우리 새에

그 연한 몸이 다스한 자리도 업시
쓸쓸한 바람 습한 긔운 속에
비와 눈보라 겹쳐 쌔리는 날에도
病(병) 업시 衰(쇠)함 업시 늘 健康(건강)해서
적은 목이 터질 듯 누구를 차즈면서
울던 네가 오늘 百號가 되엿고나

나는 네 長壽(장수)와 健康을 하날께 빈다
저 하날에 日月(일월)갓치 長壽하게
저 南山(남산)에 푸른 바웨갓치 健康키를
아가 어서 커서 네 使命(사명) 다해라
하날이 준 경세종 自由(자유)의 指針(지침)
처울녀라• 갈으쳐라 이가 네 직분

제100호 _ 대한민국 3년(1921) 3월 26일, 1면

• 쳐서 울려라.

獨立新聞(독립신문) 百號(백호)를 迎(영)하야

一讀者(일독자)

貴社(귀사)에 當務(당무)한 여러 人士(인사)의
無盡藏(무진장)의 誠力(성력)으로 財寶(재보) 삼아
百折不屈(백절불굴)의 忍耐庫(인내고)에 貯蓄(저축)하고
無限量(무한량)의 希望(희망)으로 基礎(기초) 삼아
險海峻嶺(험해준령)을 지내여서
今日(금일) 百號를 맛는도다

異域生活(이역생활) 困難(곤란)한 中(중)에
安心(안심)좃차 할 수 업서
이리져리 단니면서
설운 生活(생활) 엇지 하나
그러나 네 뒤에 二千萬(이천만)이
그 事情(사정) 아는 줄 닛지 마라

今日 百號 壯(장)타 말고 더욱 勇氣(용기) 내여
네 使命(사명)을 끗까지 다 하여라
故國江山(고국강산) 도라가는 그날에는
네의 身勢(신세) 죠화지리라

千號萬號(천호만호) 萬萬號로
네 壽命(수명)이 長久(장구)키만

제100호 _ 대한민국 3년(1921) 3월 26일, 3면

足一齋先生三一節韻
족일재선생삼일절운

雲溪
운계

恨不參同此盛遊　이 성대한 모임에 동참하지 못한 것이 안타까워
閉門獨對魯春秋　문을 닫고 홀로 춘추를 앞에 두었네
朝士莊嚴行雨裏　조정의 선비는 장엄하게 빗속을 걸어가고
國旗飛颺上風頭　국기가 바람 타고 훨훨 날리네

當日繁華多滬上　그날 상해(上海)에도 많은 일이 벌어져
三年流血憶青邱　삼 년간 피를 흘리면서 조선을 그리워하였네
四回慶節留相待　경사스러운 날을 회상하니
半島江山一鼓收　한반도 강산에 북소리가 퍼진다네

제101호 _ 대한민국 3년(1921) 4월 2일, 1면

故東吾安泰國先生(고동오안태국선생)의 무덤을 차즈면서

쇠큰못

夕陽(석양)에 남은 빗츤 우무지렁• 나무 새로
쇠잔하게 빗처주며 人間(인간)을 離別(이별)하고
微微(미미)한 殘風(잔풍)은 더벅더벅한 풀을
쌀쌀하게 짓치면서 落葉(낙엽)을 날니도다
아득아득한 黃昏(황혼)빗은 四面(사면)을 둘으고
구름 속서 햇슥히 人事(인사)하는 月色(월색)이 有情(유정)하다
靜寂(정적)한 江山(강산)을 잔잔히 재우려 하는대
머뭇거리며 애닯어하는 人生(인생)은 나쁜이로다

저 푸른 하날에 반작이는 뭇별들
비로소 져들의 품엇던 빗츨 放射(방사)하며
하염업는 저 空間(공간)에 닐어나는 구름은
스사로 가며 스사로 긋쳐잇슬 쌘이로다
우둑우둑 서잇는 銅像(동상)과 또 石像(석상)들
人生이 왓다가는 하날싸를 가르치도다

• 비와 안개 짙은.

ᄯᅡ 속에서 긴 잠을 쉬며 누어잇는 그들은
人間에 苦樂(고락)을 비우슬 ᄯᅡ름이로다

아아 것친 풀 죄악돌 덥힌 무덤
이거시 人生의 永眠(영면)하시는 나종엣집
아 故國江山(고국강산)을 길게 숢하는 先生의 누음
찻는 나의 발자최 소래를 못 드르시도다
아루룩 한두어 젹은 새가 ᄯᅢᄯᅢ로 조상할 ᄲᅮᆫ이오
古木(고목) 새로 새여오는 電光(전광)이 밤을 벗하엿도다
수풀에서 울녀 나오는 不如歸(불여귀)의 슯흔 소래
나의 가삼이 칼로 썸보다도 더 쓸이도다

방울방울 ᄯᅥ러지는 눈물이 무덤을 젹셔도
늣님이 만턴 先生! 한 번도 앎이 업고나
地球(지구)의 무릅을 벼개 하고 安眠(안면)하는 先生
흑흑 늣겨우는 나의 울음 못 드르시네
先生의 餘恨(여한)을 아직 풀어 씻지 못하고
아득한 압길을 밟고 방황하면서
慰資(위자)를 엇고져 先生을 차즌 이 몸이
아울너 갓치 뫼서 쉼을 바랄 ᄲᅮᆫ이로다

아아 先生 先生이 살어계실 ᄯᅢ에는
귀여운 것 自由(자유), 사랑하시던 것 半島(반도) ᄲᅮᆫ이엿소

先生은 鐵窓(철창) 속에서도 그것을 맛나보시랴고

先生은 압흠과 쓸임에서도 그것을 차지랴고

맨 나죵에 白骨(백골)ᄉᆞ지 이 싸에 버리고 가신 先生

當身(당신)의 靈(영)은 半島에서 아직 그것을 찻고져 하리다

아아 先生 先生의 靈骨(영골)을 파 억개에 엇메고서

쏫다운 우리 東山(동산)에 갈 날이 언제일가요? 先生님

제101호 _ 대한민국 3년(1921) 4월 2일, 4면

神歌
신가

어아어아 우리 한빅님* 가마고이**
빅달나라 우리들이 골잘***해로 닛지 말세

어아어아 차맘****은 활이 되고 거맘*****은 설데로다
우리 잡사람 활줄갓치 바론맘 곳은 살갓치 한맘에

어아어아 우리 골잘사람 한 활터에 무리설데 마버의야
한김 갓흔 차맘에 눈바월이 거맘이라

어아어아 우리 골잘사람 활갓치 굿센 맘 빅달나라 빗치로다
골잘해로 가마고이 우리 한빅님 우리 한빅님

제114호 _ 대한민국 3년(1921) 11월 11일, 3면

---

* 대종교에서 단군을 높여 부르는 말.
** 높은 은덕.
*** 골은 만(萬), 잘은 억(億).
**** 착한 마음.
***** 나쁜 마음.

輓詞
만사

申禹鉉
신우현

雪恥義氣連	수치를 씻고자 정의로운 기상이 이어지고
磨劍十來年	칼을 간 지가 십 년 되었건만
大局猶未了	전반적인 정세는 여전히 끝나지 않아
魂寄鴨江邊	압록강으로 혼백을 보낸다네

白基俊
백기준

復讐義血沸相連	원수를 갚고자 정의의 피 연이어 흘렀고
薪膽誓心已十年	와신상담을 맹서한 지 이미 십 년이 되었네
困危屢被槍馬裹	죽은 시체를 말가죽에 싸고 위험한 일을 여러 차례 겪었고
宿食幾經風露邊	풍찬노숙을 자주 하였다네
榮名留在新韓史	새로운 대한의 역사에 영광스러운 이름이 남아 있지만
鄕苑無人家計傳	고향에는 집안을 이어갈 사람이 없구나
萬事卽今猶遺恨	모든 일이 지금은 안타까움으로 남아 있어
東征他日未沈船	훗날 동쪽으로 가더라도 배가 가라앉지는 않으리라

제118호 _ 대한민국 3년(1921) 12월 26일, 3면

祝新年(축신년)

清溪(청계) 安定根(안정근)

大地(대지)에 新年이 來(래)하고
萬里(만리)에 春風(춘풍) 吹(취)하도다
三年陰雲(삼년음운)에 呻吟(신음)하는 半島萬象(반도만상)
四年東風(사년동풍)에 活躍(활약)하니 全球和氣(전구화기)로다

제119호 _ 대한민국 4년(1922) 1월 1일, 1면

新年(신년)의 更進(갱진)

島山(도산) 安昌浩(안창호)

我民國(아민국)의 나이 놉하감이어
짜라 知覺(지각)이 놉하가도다
敵(적)을 敵할 마음이 漸漸(점점) 强(강)함이어
同族(동족)을 敵하는 私嫌(사혐)이 漸漸 슬허지도다•

난호이면 敗(패)하고 모히면 成功(성공)할 줄을 쌔다름이어
中央政府(중앙정부) 旗幟下(기치하)에 모혀들니로다

새로 나아갈 方向(방향)이 漸漸 定(정)하여 짐이여
秩序(질서) 잇는 運動(운동)의 길에 漸漸 드러가도다

虛花(허화)를 버리고 根本(근본)을 尊重(존중)히 함이어
自體(자체)의 土臺(토대)가 鞏固(공고)하여지리로다

實力(실력)의 價値(가치)를 漸漸 쌔다름이어

• 싫어지다.

各各(각각) 其職業(기직업)에 忠誠(충성)하리로다
國民의 義務心(의무심)이 漸漸 놉하감이어
納稅(납세)와 徵兵(징병)의 일이 漸漸 實現(실현)되리로다

크게 모혀 크게 議論(의논)함이어
큰 方針(방침)이 세워지리로다

큰 方針이 세워짐이여
큰 힘이 中央(중앙)에 集中(집중)하리로다

큰 힘이 中央에 集中함이여
큰 進行(진행)의 原動力(원동력)이 벗치리로다

아아 一般(일반)은 이것을 점점 覺悟(각오)함이여
期待(기대)하던 國民代表會(국민대표회)가 쉬히 實現되리로다

제119호 _ 대한민국 4년(1922) 1월 1일, 2면

三一節有感
삼일절유감

東農 金嘉鎭
동농 김가진

獨立宣言如昨日	독립선언이 어제 같은데
今朝又見四週來	오늘 아침에 보니 사 주년이 되었네
遯荒豈是求全活	이국땅에 피난 왔지만 어찌 삶을 구해서인가
出獄慚非得破開	출옥이 부끄럽지만 깨부수고 나온 것이 아니라네
讐可暫忘終必復	원수를 잠시 잊고 지내지만 끝내는 반드시 복수하리라
時難强促自應回	시절이 어렵지만 노력하면 회복된다네
願吾民族益團結	바라건대 우리 민족은 더욱 대동단결하여
快覩山河脫劫灰	조국산하가 재앙에서 벗어나기를 유쾌히 보아야 하리

제121호 _ 대한민국 4년(1922) 3월 1일, 1면

三一節所感
삼일절소감

一怒 李發
일로 이발

三霜履盡又良辰　기미년에서 삼 년 지난 오늘 좋은 시절이지만
倦立歌聲痛哭新　노래 소리와 통곡 소리가 새롭구나
名載刑書俱是傑　형률에 이름이 오르면 모두 처벌을 받고
身登血史孰非仁　역사에 이름을 올리면 어느 누가 인자가 아니랴
永言萬歲多今日　만세 소리 영원하며 오늘날에도 많고
況與群生有此春　하물며 백성과 더불어 이러한 봄을 갖게 되었네
神族願成家國事　신성한 민족은 나라가 잘 되기를 원하며
反求諸己不尤人　자신을 반성하며 남을 탓하지 않는다네

제121호 _ 대한민국 4년(1922) 3월 1일, 1면

獨立宣言紀念
독립선언기념

一齋(일재)

獨單(독단)의 偏見(편견)을 가져 大事業(대사업)을 消極的(소극적)으로 固執(고집)하지 말고
立志(입지)를 굿건히 하야 民族(민족)의 統一的(통일적) 精神(정신)을 期成(기성)하라
宣傳(선전)을 하라거든 二千萬(이천만) 同胞(동포)의 自覺(자각)을 激發(격발)하여라
言忠信行篤敬(언충신행독경)은 聖賢君子(성현군자)의 偉功(위공)을 成(성)하난 要法(요법)이니라
紀綱(기강)이 紊亂(문란)하면 更張(경장)하기 前(전)에는 萬事(만사)가 不成(불성)하나니
念茲在茲(염자재자)할 것은 오직 今日(금일)을 恪心刻骨(각심각골)할지어다

제121호 _ 대한민국 4년(1922) 3월 1일, 2면

무제

牧神(목신)

첫봄 셋재 달 첫날이라
이날을 즐겨한 者(자)들이여 복바드라
이날에 피 흘닌 아가씨들이여 平安(평안)히 자라
숨은 씨여 숨은 밋븜이여 숨은 바람(望)(망)이여
지금이야 ᄯᅡᆼ이 얼엇건 말앗건
지금이야 世上(세상)이 잠자건 말건
지금이야 어둡고 칩건 말건
「眞理(진리)의 勝利(승리)」는 自然(자연)에 法則(법칙)이다
멀지안아 月桂冠(월계관) 가진 봄날이 오리니
그날에 그날에 새 生命(생명)에 ᄯᅡ스한 해ᄲᅡᆯ이
네 몸을 둘너싸는 그날에
방긋시 우스며 닙내고 ᄭᅩᆺ피울 거슬 나는 안다
원한 깁허서 ᄯᅡ 우에 자자 먹히지 안는 불근 피여
마그막을 보리라구 눈 못 감는 늘근이에 죽엄이여
아서라 참어라 그대로 잇거라
셋재 달 첫날이 오는 ᄯᅢ마다
네 불근 입설에 입마촐난다
붉은 달이 누리를 비추는 그날에

맛아들의 보들러운 손으로 네 눈을 감길난다
사랑하는 사람이여 傷(상)한 魂(혼)을 비 오는 밤에
방황식히지 말라
이내 거츠른 가슴속에 방 예비해스니
날센 검을 허리에 차고 와서 게시라
그대의 魂 내 가슴속 警鐘(경종)이 되리니
그대의 칼 내 몸에 引導棒(인도봉)되리니
나는 그대에 魂을 위해
그대의 사랑하는 이의 魂을 위해
이내 몸을 바치리라

제121호 _ 대한민국 4년(1922) 3월 1일, 3면

내가 죽엇서? 龍華(용화)에 쏫구경하고

牧神(목신)

一.

『봄이 왓다』

龍華寺(용화사) 近處(근처) 복송아쏫이 웃기에

사람들이 「봄」을 보려 모혀들드라

달젼ᄭᆞ지도 『죽엇다』 비웃든 外人(외인) 들도

다시 산 복송아쏫 웃는 쏠을 보겟다구

얼골살 두텁게도 모혀들드라

十里(십리) 한 줄 분홍ᄯᅴ가

『내가 죽엇서?』

그들이 달젼에 그곳에서

『내가 죽엇서?』 할 젹에는

적적도 하드라 차자오는 이 업서

『흥, 산 것 갓흐냐? 불상한 것들

미련한 것들!』 하더니라

봄이 왓다 봄이 왓서

十里 한 줄 분홍ᄯᅴ가

오늘 역시 그곳에서

『내가 죽엇서?』

대답이 업서라 믁믁

그러나 自動車(자동차)는 웨?

말달님은 무슨 일!

그래도 『죽엇나?』

『屍體(시체)구경 나오나?』

『숨엇든 씨가 살앗단다 봄날에』

아즈랑이가 귀속으로 속삭이 하드라

『숨은 씨여!』

어린이의 써는 靈(영)이 부르짓다

『사람이 죽엇다 하지? 바람이 칩지!』

그러나 十里 한 줄 龍華桃花(용화도화)가

「내가 죽엇서?」 하드라, 야』

二.

분홍 쟝옷 두른 통통한 處女(처녀)를

가만히 품에 안고

『비밀을 가르쳐다고』

어린이의 靈이 애원하엿다

『그져는 안 된다 빨간 입설에

입맛초아다고』

『그럼 그러지』 하고 단숨엣 쓰거운 입맛춤을

그랫더니 빨갓케 낫 붉히면서

쟝옷을 벗드라

그러니 그건 處女가 아니고

다슷닙 분홍비치

탑삭부리 녕감

탑삭부리가 우스면서

『숨은 씨를 보호하여라 업새지 말나

그거시 누리의 제일 큰 비밀이다!』

제123호 _ 대한민국 4년(1922) 4월 15일, 4면

島兒(도아)의 울음

발버슨 島兒들아 울고 불기 무삼 일가
어른의 가신 곳을 찾지 못해 우나이다
아마도 폭말糖(당) 사려 가신 듯 너 줄나고

제126호 _ 대한민국 4년(1922) 5월 20일, 1면

ᄭᅳᆺ다운 죽엄

먹기 爲(위)해 사너냐 죽기 爲해 사너냐

잘 죽으려 살다가 잘 살녀고 죽어라

우리의 오늘날 處世目的(처세목적)은 死守獨立(사수독립)

제127호 _ 대한민국 4년(1922) 5월 27일, 1면

오구일 아츰

남경(만년필)

고요한 아참 침침한 아참
사만만의 숨통 쉬는 소리
답답한 가슴에만 흔들엇세라
불의에 악마가 음습하난 줄도
「히스테리」에 우슴 …… 사 년 젼 오날!

공명에 져 해빗 쇠이랴는
공포에 져즌 애혈자들아
동산에 쏘이난 인도에 빗헤
녯으로부터 지금ᄭᅡ지에

안개비 오난 아참 바람 부난 아참
사백이십만에 흐르난 져 물
시름 업시 안진 바우에만 부디치엇세라
양안으로 밀려오는 평화에 물결도
가마 안에 끌난 물 …… 져 혼자!

공명에 져 해빗 쇠이랴는

낫잠 자는 청년학생아?
온화에 순풍이 지나갈 때에
녯으로부터 지금ᄭ지에

끌는 피 뛰난 아참 떨리는 아참
녹의청상에 소리 느린 「호기」야
십팔셩 동삼셩 날리난 오색긔발
이십일조에 셔른 눈물 져진 줄
화평에 츙동에 날리기만 ……
펄펄!

공명에 져 해빗 쇠이랴는
유약 낙망에 청년녀자야?
강보에 누힌 아히들 보고셔
녯으로부터 지금ᄭ지에

슬푼 아참 피눈물 나는 아참
손톱 길너 머리 길너 어데다?
나막신 ᄭ는 상판에 목아지에
밧고랑쳐럼 개목톄쳐럼
「바가」 소리에 놀난 분풀이 ……
오날!

공명에 져 해빗 최이랴는

들에셔 사막에셔 노는 아히들아?

갈닙피리 부는 소리 듯거든

녯으로부터 지금ᄭ지에

제127호 _ 대한민국 4년(1922) 5월 27일, 4면

참사랑

倭王(왜왕) 벌셔 十年(십년)이오 假政(가정)• 임이 三年(삼년)이라
海島中(해도중)에 숨은 眞人(진인) 아니 닐문 무삼일가
아마도 沿海間島(연해간도) 獨立軍(독립군)이 愛國眞人(애국진인)

제128호 _ 대한민국 4년(1922) 6월 3일, 1면

• 대한민국 임시정부.

志士(지사) 차져

漢江上(한강상) 細雨中(세우중)에 삿갓 쓴 져 漁夫(어부)야
적은 ᄇᆡ 홀로 져어 네 어대로 向(향)하는다
至今(지금)에 國事(국사)를 議論(의논)코져 志士 차져

제129호 _ 대한민국 4년(1922) 6월 14일, 1면

저 비(雨[우]) 보아라

璟載[경재]

저 비 보아라

南北滿州[남북만주] 들에는 오지를 마라

山[산]과 수풀 속에 모혀 잇난

우리 大韓獨立軍[대한독립군]은

어이하란 말이냐

저 비 보아라

黑龍江[흑룡강] 골작(谷[곡])에는 오지를 마라

집 일코 헐버슨 勇士[용사]네는

어이하란 말이냐

저 비 보아라

인왕산 밋헤는 오지를 마라

怨讎[원수]의 鐵窓[철창]에서 呻吟[신음]하는

우리 義士[의사]의 心情[심정]은

어이하란 말이냐

저 비 보아라

北滿의 의로운 客(객)의 잠을 깨니
눈물에 싸인 요 내 가슴은
어이하란 말이냐

제130호 _ 대한민국 4년(1922) 6월 24일, 1면

애쳐러워라

璟載(경재)

애쳐러워라
우리 獨立軍(독립군)
茂盛(무성)한 풀밧에서
괴로운 잠자고
쓰린 빅(腹)(복)를 얼마나 쥐여뜻더니

애쳐러워라
山(산) 발고 물 말근 네 祖上(조상)나라
잇지 못할니라 잇지 못할니라
달이 고요한 그 째나
비 소리 요란한 그 째나

애쳐러워라
저 靑山(청산)과 白雲(백운) 밧게서
울고 울고 헤매이는
二千萬(이천만)의 同胞兄弟(동포형제)가 잇난 줄을
잇지 못하리라 잇지 못하리라

애쳐러워라

怨讐(원수)의 暴虐(폭학)은 날날이 더한데

우리의 先導(선도)인 頭領者(두령자)덜 뭇노니

엇지려나 엇지려나

가슴 답답 속 터지런다

제131호 _ 대한민국 4년(1922) 7월 1일, 1면

치 잡은 사공

돌벗

배는 임우[•] 茫茫(망망)한 大洋(대양)에서
돗을 놉히 달앗건만
가얌 길은 아직도 茫然(망연)커늘
날은 발셔 점우려 方向(방향)이 아득해라

가분젹이[••] 빗이는 東天(동천)에 번게
어니듯 南便(남편)에 黑雲(흑운)을 모라와라
바람은 强(강)할사록 波(파)도는 洶洶(흉흉)!
치[•••] 잡은 사공아 너의 方向 어대이뇨

茫茫한 大洋에
洶洶한 波濤(파도)!
니러날 줄 몰낫던가?
두려웨 써지 말고 치만 튼튼히 붓잡으라

제132호 _ 대한민국 4년(1922) 7월 8일, 1면

• 이미.
•• 경쾌히.
••• 키의 방언.

祝獨立新聞漢字創刊號
축독립신문한자창간호

希山
희산

好了好了	좋다, 좋다
你才出世了嗎	네가 이제 막 세상에 나왔구나
我經營你出世今兩年了	내가 너를 세상에 드러내고자 두 해 동안 노력하였다
你的胞兄	너의 형은
出世已到了四年	세상에 나온 지 이미 사 년이 되었으며
他的號名是	명칭은 '독립신문국한문호'이다
'獨立新聞國漢文號'他現在與國內國外	그 신문은 현재 국내와 국외의
二千萬同胞兄弟姉妹狠親密	이천만 동포 형제자매와 매우 친밀한 관계가 되었고
且二千萬同胞	또 이천만 동포는
信他的話	신문기사를 믿고
服他的公論	신문의 공명정대한 언론을 인정하고
受他的指導	신문의 지도들 받아들인다
所以他對本國同胞狠有功的	그래서 본국 동포에 대한 대단한 성공을

거두었고

你現在出世號名是甚麼　현재는 세상에 이름을 드러내었다

可是從你胞兄的行列賜你的名'獨立新聞漢字號'嗎

그래서 너의 형은 너에게 '독립신문한자호'라는 명칭을 준 것이 아닐까

是狠好的　이 명칭은 대단히 좋다

你不要回本國去去　너는 본국으로 돌아갈 것도 없고

你住在中國地方　너는 중국에 머물면서

與中國四萬萬兄弟姉妹　중국의 사억 형제자매와 더불어

交遊交遊　교유한다

合他講半萬年來歷史上地理上親密的關係

역사상 지리상 반만년의 역사가 있었다는 친밀한 관계를 강론하고

再講脣齒的勢　거듭 순망치한의 형세와

有相扶相助的義務　상부상조해야 하는 의무가 있음을 알려야한다

又提醒他同仇同報的精神　원수가 같으니 함께 보복해야 한다는 정신을 또 일깨워서

教他同病相憐的方法　동병상련의 방법을 가르쳐

與四萬萬兄弟　사억 형제와 더불어

日夜提携　밤낮으로 손을 잡고

多得同情　많은 동정을 얻어야 한다

到了好機會的時候　좋은 기회가 왔을 때에

四億二千萬兩國的國民併起來

	사억 이천만 두 나라의 국민이 함께 일어나
同心併力	한마음으로 힘을 합쳐
破他東方島夷倭虜的帝國主義	
	동쪽 섬나라 왜적의 제국주의를 쳐부수어
顚覆他的侵略政策	그들의 침략정책을 뒤엎어버리고
破壞他的軍國主義	그들의 군국주의를 파괴하고
戮滅他的惡毒政客	그들의 악독한 정치가를 섬멸하여
快雪我們數千年來的國恥民羞	
	우리 수천 년 이어온 국가와 백성의 수치를 씻어야 한다
以後向我三千里	앞으로 우리나라 삼천리
槿花世界	근화세계
祖國江山	조국강산에서
受你們二千萬同胞大大的歡迎	
	이천만 동포의 대대적인 환영을 받는 것이
是你的本職呢	바로 너의 직분이다
況且你的胞弟'英法俄文號'踵后	
	게다가 너의 아우인 '영법아문호'[*]가 계속 뒤를 따라
次第出世	차례로 세상에 나와
他在歐美	구미에도 있으면서

* 영문판, 프랑스어판, 러시아어판 ≪독립신문≫.

各擔了責任罷	각각 책임을 다할 것이다
我今對你說一句話	나는 지금 너와 마주하여 대화를 하지만
你在中國方面	너는 중국에 머물면서
交遊的花款	교유하는 방법이 있어야 한다
我今擔保責任	나는 신문간행의 책임을 맡고 있다
且我們二千萬鐵血獨立黨員	
	또 우리 이천만 동포의 굳센 독립당원은
都是你的護身兵士	모두 너를 지켜주는 병사이다
在後了所以	이런 까닭에
我嘆你的出世太晚	나는 네가 세상에 나온 것이 너무 늦어 안타깝지만
同時併祈你的健康	동시에 너의 건강과
你的長壽了	너의 장수를 아울러 기원한다

상해 중문판 제1호 _ 대한민국 4년(1922) 7월 20일, 1면

祝獨立新聞漢字報
축독립신문한자보

一齋
일재

東方之曙星倂耀	동방의 샛별로 빛을 내고
大陸之木鐸同聲	대륙의 목탁으로 소리를 낸다
脣齒輔車誼	입술과 치아, 수레의 바퀴와 바퀴통 같은 떨어질 수 없는 사이이니
當勉於協力	의당 힘을 합쳐서 노력해야 하고
詩書禮樂情	시서예악을 논하는 마음이라서
無間於同仁	모두를 사랑하는 정신과 차이가 없다
共討共仇嚴斧鉞之大義	원수를 토벌하는 데는 도끼 같은 대의를 펼치고
相親相愛交朝暮之芳輝	친애하는 사람에게는 아침저녁의 햇살처럼 빛난다
同濟時艱之寶筏	시대의 어려움을 함께 건너는 뗏목이요
外禦邦讐之南針	나라의 원수를 막은 지남철이다

상해 중문판 제1호 _ 대한민국 4년(1922) 7월 20일, 1면

가고 보자

HG生(생)

가고 가고 다시 가고
또 한번 다시 가도
山(산)넘어 또 山이오
물 건너 또 물이라

山이야 잇던 말던
물이야 만턴 적던
쉬잔고 가는 나를
뉘 능히 막을 손가

사람의 살림사리
네로부터 이러하니
苦(고)이던 樂(낙)이던
가고 보자 하노라

제134호 _ 대한민국 4년(1922) 7월 22일, 1면

祝
축

鄧嘉縉
등가진

獨立新聞	독립신문은
筆掃千軍	붓으로 수천 군대를 쓸어버리며
民之喉舌	민족의 언론은
在此新聞	이 신문에 있으니
光復祖國	조국의 광복이요
東亞和平	동아시아의 평화이다

상해 중문판 제2호 _ 대한민국 4년(1922) 7월 27일, 2면

웬일이냐

웬일이냐
져 兒孩(아해)는 왜 우러
監獄(감옥)에 잇난 아버지 생각
간功(공)• 해서 운다 해요

웬일이냐
저 집의 騷動(소동)이
獨立運動(독립운동)에 關係(관계) 잇다고
왜놈이 와서 家宅(가택) 수삭!
그래서 騷動이래요

웬일이냐
져 婦人(부인)은 어디를 急(급)작이!
鐵窓(철창) 속에 잇난 男便(남편)에게
衣服差入(의복차입) 하라고
그래 急작이 간대요

• '간절(懇切)'의 오자로 보임.

웬일이냐

開化(개화)몽딩이 든 者(자)가 내 집에

拷問致死(고문치사)된 사람 爲(위)해

말 한마듸 못하는 辯護士(변호사) 놈

着手金(착수금)이나 내라고 왓대요

제135호 _ 대한민국 4년(1922) 8월 1일, 1면

무제

경재

來日(내일)! 來日! 그것이
지나간 그날과
조금도 달음이 업스련만
우리는 來日! 來日!
얼마나 큰 企待(기대)를 가지고 잇는가

저들은 어리석어라
來日! 來日! 그날이
지나간 그날과 다름이 업난 줄
모루난 것 넘우나 어리석어라

來日이 잇다고 하지 마라오
一刻(일각)이 如三秋(여삼추)라고
우리 社會(사회)는 한날 한때라도
急(급)히 整頓(정돈)함만 幸福(행복)이라오

제135호 _ 대한민국 4년(1922) 8월 1일, 4면

그리운 님

不二門(불이문)

올듯올듯　우리님은
어이오지　아니하고
싱각안튼　집안싸홈
날노졈졈　느러가니
요내신세　이것쁜가
蒼天(창천)이여　살피소셔
님못본지　十餘年(십여년)에
죽은가심　태인일이
피눈물을　흘인일이
한변두변　아니어든
無情(무정)하신　우리님은
요만일도　모르는지
님의대답　이러하다
집안싸흠　자자하니
속키간들　무삼樂(낙)고
나오기를　바라거든
하로밧비　그치여라
勇敢(용감)하게　버리여라

猜疑嫉妬(시의질투) 詐欺挾雜(사기협잡)
嘲笑毁謗(조소훼방) 陰謀利己(음모이기)
이러한것 賤(천)한感情(감정)
그대신에 取(취)할것은
平和(평화)사랑 協同共謀(협동공모)
이런뒤에 곳오리라

제136호 _ 대한민국 4년(1922) 8월 12일, 1면

月下에서
월하

경재

달은 발가 明朗한대
명랑
散散히 헤여진 요 내 마음
산산
다시 주어 모을 그 길이
더욱 더욱 困難이어라
곤란

그 무삼 心思이랴
심사
光明한 이 달밤에
광명
소낙이 오기를 苦待하는
고대
그 心思 얼마나 괴로워슬가?

제136호 _ 대한민국 4년(1922) 8월 12일, 4면

무제

樂民樓(낙민루) 저문 날에 두리치는 나의 눈물
撫劍樓上(무검루상) 夕鳥(석조)들아 네 아느냐 이 가슴을
저 건너 松林聖庵(송림성암)에 쇠북 소래만 隱隱(은은)

淸風(청풍)아 건ᄯᅳᆨ 불어 白帆(백범)에 가득 차라
千里江山(천리강산) 먼먼 길을 쇠북 치며 어서 가자
無窮花(무궁화) 시든 柯枝(가지)가 실셔 도라올 그 雨露(우로)만

寂寂(적적)한 이 旅窓(여창)에 구즌 비 휘ᄲᅮ린다
이 맘에 싸힌 生覺(생각) 누라서 알어줄고
찰하리 有也無也(유야무야)에 나 홀로만 품고 가리

제137호 _ 대한민국 4년(1922) 8월 22일, 1면

國恥歌(국치가)

桓山(환산)

一.

빗나고 榮光(영광)스런 半萬年歷史(반만년역사)
文明(문명)을 자랑하던 先進國(선진국)으로
슬프다 千萬夢外(천만몽외) 오늘이地境(지경)
아! 이 부ᄭᅳ럼을 못내참으리

二.

神聖(신성)한 한ᄇᆡ子孫(자손) 二千萬同胞(이천만동포)
하늘이 ᄲᅢ아내신 民族(민족)이어니
원수의 칼날밋태 魚肉(어육)됨이어
아! 이 부ᄭᅳ럼을 못내참으리

三.

華麗(화려)한 錦繡江山(금수강산) 三千里(삼천리)ᄯᅡᆼ은
先祖(선조)의 피와ᄯᅡᆷ이 젹신흙덩이
원수의 말발굽에 발핀단말가
아! 이 부ᄭᅳ럼을 못내참으리

四.

崔瑩(최영)과 武烈王(무열왕)의 날랜軍士(군사)와
鄭地(정지)와 忠武公(충무공)의 쓰던武器(무기)를
언제나 快(쾌)히한번 試驗(시험)해볼가
아! 이 부끄럼을 못내참으리

五.

어찻나 歷史우에 더렵힌때와
어찻나 子孫萬代(자손만대) 기쳐줄辱(욕)을
우리의 흘린피로 이를씻고저
아! 이 부끄럼을 못내참으리

제138호 _ 대한민국 4년(1922) 8월 29일, 1면

어머님 가시던 날

곱단이

아! 교요한 첫새벽
萬物(민믈)이 沈默(침묵)에 잠자는
寂寞(적막)을 깨치고
우러나오는
저 鐘(종)소래!
暗黑(암흑)한 空中(공중)에
셔름의 波動(파동)을 그리면셔
正義(정의)의 비단 門帳(문장)에 닥처
罪惡(죄악)의 어즈러운
주름을 잡도다

그 鐘소래! 그 鐘소래!!
우리 어머님 써나시던
그날 새벽 그 鐘소래!!
아! 그 鐘소래!!

씃 업는 거름을
몰려가시던 그날 그 새벽

그 鐘소래는
不公平(불공평)한 強力(강력)의 방맹이로
울여첫던 것이다

철업는 우리 兄弟(형제)를
참아 여이시기 어려워
사나운 世上風波(세상풍파)에
참아 외로히 버려두고
가시기 애처로워
울고 울고 또 울고 울어
눈물이 滂滂(방방)하시던
그 얼골

우리 兄弟들 목에
奴隷(노예)의 굴네 걸니고
우리들 手足(수족)에
壓迫(압박)의 착고가
채여짐을 보시고
가심을 쥐여 뜻다가
兇漢(흉한)에게 辱(욕)을 보시던
그 形狀(형상)

아! 어머니!! 어머니!!

잡혀 몰녀가는 어머니를

바라보고 발 버듯고 울던

우리! 우리 兄弟가!!

敵(적)의 칼에 맛고

銃槍(총창)에 업혀짐을 보시고

니를 갈며 하시는 말삼

『참고 힘쓰고 長成(장성)하야 싸호아 죽도록 애쓰라

내 다시 도라오 ……』

목 메여 터지며

우시던 어머니!

우리 어머니!!

어머님! 인제는 우리도

어머님 가신 理由(이유)도

도라올 수 잇는 쌔도

우리가 어머님 오시게 할

道理(도리)도 方策(방책)도 암니다

힘쓰겟읍니다 어머님!!

아! 쏘 한 번 울니는고나

그날 새벽 그 鐘소래!!

제138호 _ 대한민국 4년(1922) 8월 29일, 2면

國恥歌(詞藻)
국치가 사조

一齋
일재

小鳴〇來半島秋　한반도에 작은 울림이 오니

國人所恥國人仇　나라의 수치요 국민의 원수이다

天將白日明無色　하늘의 밝은 해도 빛을 잃었고

地欲黃雲蔽不收　땅 위에는 누른 구름이 뒤덮였다

七日誰憐包胥哭　나라를 구하고자 칠일 동안 진나라 성곽에서 통곡한 신포서(申包胥)를 누가 불쌍히 여길 것인가

十年自處越王羞　원수를 갚고자 십 년 동안 와신상담한 월왕(越王) 구천(句踐)에게 부끄럽다

掃除倭賊堂堂義　정정당당한 정의로 왜적을 소탕하여

莫向穹蒼其戴頭　푸른 하늘에 부끄럽지 않으리라

상해 중문판 제5호 _ 대한민국 4년(1922) 8월 29일, 3면

追悼歌(추도가)

西路軍政署(서로군정서) 義勇隊(의용대)

슬푸다 殉國(순국)한 우리 勇士(용사)야
同志(동지)를 바리고 몬져 갓고나
國土(국토)를 未復(미복)코 身先死(신선사)하니
애달고 寃痛(원통)한 이 몸이로다
倭賊(왜적)의 未盡滅(미진멸)을 恨(한)치 마러라
最後(최후)의 成功(성공)을 우리 擔當(담당)해
前進無退(전진무퇴)한 義勇軍人(의용군인)아
光復(광복)할 날이 머지안켄네
神靈(신령)한 皇天(황천)이 感應(감응)하소사
우리의 忠魂(충혼)을 慰勞(위로)하소서
우리에 靈魂(영혼)을 竹帛(죽백)에 올려
씃싸운 일홈을 千秋(천추)에 傳(전)해

제138호 _ 대한민국 4년(1922) 8월 29일, 3면

鷄鳴
계명

索非
색비

喔— 喔— 喔— 꼬끼요 — 꼬끼오 — 꼬기오 —
天將明了 곧 동이 트려 한다
在夢幻裏的人們 아직 꿈속에 있는 사람들아
應該醒覺了 이제 깨어날 때가 되었노라
憶罷 憶罷 기억하라 기억하라
向憶你那過去無限的痛苦呀
과거의 그 무모한 고통을 회상해보라

喔— 喔— 喔— 꼬끼요 — 꼬끼오 — 꼬기오 —
天將明了 곧 동이 트려 한다
在夢幻裏的人們 아직 꿈속에 있는 사람들아
莫在繼續你的夢幻了 더 이상 꿈속에 빠지지 말아라
想罷 想罷 생각하라 생각하라
思想你那歷程中無涯的悲哀呀
당신이 겪었던 끝없는 비애를 되새겨보라

喔— 喔— 喔— 꼬끼요 — 꼬끼오 — 꼬기오 —
天將明了 곧 동이 트려 한다

曙光將現之前的暗黑	서광이 비추기 직전의 암흑
是何等地的黑暗呀	이는 얼마나 심한 어두움인가
現在暗黑達於極點	이제 어두움이 극점에 달했도다
在酣睡的人們	단잠에 빠진 사람들아
知道嗎	아는가
覺得嗎	느끼는가
喔— 喔— 喔—	꼬끼요 — 꼬끼오 — 꼬기오 —
天將明了	곧 동이 트려 한다
東方將白了	동방이 밝아온다
曙光將臨了	서광이 임하려 한다
無限的光明將始了	무한한 광명이 곧 시작되려 한다
人們 人們	사람들아 사람들아
醒罷 醒罷	깨어나라 깨어나라
起來罷 起來罷	일어나라 일어나라
快迎接曙光	빨리 서광을 맞이하라
進入光明罷	광명 속으로 들어가라
喔— 喔— 喔—	꼬끼요 — 꼬끼오 — 꼬기오 —
天將明了	곧 동이 트려 한다
有爲的青年們啊	전도유망한 청년들이여
及時奮起罷	때맞추어 분기하라
那寶貴的曙光	저 고귀한 서광은
是要我們的血和淚去拱托的呀	

우리의 피와 눈물로 지켜야 한다

那自由的花兒　　저 자유의 꽃잎은

是要我們的血和淚去灌漑的呀

우리의 피와 눈물로 키워야 한다

상해 중문판 제5호 _ 대한민국 4년(1922) 8월 29일, 3면

海蔘威園遊者感(詞藻)
해삼위원유자감 사조

張墨池
장묵지

一.

我遊於公園	내가 공원에서 유람하다가
仰觀白雲流蕩	흰 구름이 흐르는 것을 우러러 보았는데
猛一陣海風橫來	한바탕 바닷바람이 몰아치고
吹樹發聲	나무에 부딪치며 소리를 내었다

二.

俯看時花開放	제철에 활짝 핀 꽃을 보고 있자니
綠草叢叢	녹음방초가 가득하고
童子玩於樹陰	아이들은 나무 그늘에서 놀고 있으니
●草踏青	풀을 밟는 삼월 삼일이다

三.

我坐於欄桿上	나는 난간에 앉아
聽鳥鳴於樹	숲에서 지저귀는 새소리와
獸吼於園	공원에서 울부짖는 짐승의 소리를 듣고
又見人往來出入其中	또 그곳으로 왕래하는 사람들을 보았다

四.

我站立四顧	내가 우두커니 서서 사방을 둘러보다가
又見許多人	또 많은 사람을 보았다
有坐於斯的	앉아 있는 사람
有臥於斯的	누워 있는 사람
有閱報於斯的	신문을 보고 있는 사람
可是因海蔘威或政變	그러나 블라디보스토크의 정변 때문에
都面帶愁容	대다수의 얼굴에 근심 가득한 모습이었다

五.

又見許多青年男女	또 많은 청춘남녀를 보았는데
相約到此	서로 약속하여 이곳에 와서는
對坐相談	서로 마주보고 앉아 대화를 나누는데
他們不談卿卿我我	말을 하지 않는 것 같아도 정겹게 도란 도란
我我卿卿	도란도란 정겹다
只願生活獨立	독립된 생활
脫離家庭	가정에서 벗어나기를 원하였네

六.

我遊畢	나는 구경을 끝내고
又坐地櫈上	또 등자나무에 앉아
垂首默想	머리를 숙이고 묵상하는 중에
想起潘女士金容	반 여사의 고운 모습이 떠올랐다

於此蹈海	이곳 바다에 빠져
反使我傷情	나의 마음을 슬프게 하였다
潘女士山東青島人	반 여사는 청도 사람으로
父中國人母高麗人	아버지는 중국인, 어머니는 고려인이다
係社會黨人	사회당과 연관된 사람으로
前六年	육 년 전에
留俄畢業	러시아에서 머물다 일을 마치고
返國路經海蔘威	귀국하는 길에 블라디보스토크를 경유하였는데
見世界黑暗	세상이 암흑에 빠지는 것을 보았으나
無法挽救	구할 방법이 없어
投海而死	바다에 투신하여 죽었다

상해 중문판 제6호 _ 대한민국 4년(1922) 9월 7일 자, 4면

往鄕下去
왕향하거

前人(張墨池)
전인 장묵지

去, 去	가자, 가자
往鄕下去	고향으로 가자
把那日本人虐待高麗人的種子	
	일본인에게 학대받는 고려인의 정신을
撒在他們的心田裏	그들의 심장 속에 뿌리리라

去, 去	가자, 가자
往鄕下去	고향으로 가자
把那日本人的詭詐剝奪高麗人自由的種子	
	일본인의 속임수로 자유를 박탈당한 고려인의 기질을
撒在他們的心田裏	그들의 심장 속에 뿌리리라

去, 去	가자, 가자
往鄕下去	고향으로 가자
流你的血和淚	흐르는 너의 피와 눈물을
灌漑那自由的苗	저 자유의 싹에 흘러 넣으리라

去, 去	가자, 가자
往鄉下去	고향으로 가자
振刷起你全副的精神	너의 온전한 정신을 진작시켜
愛護那高麗獨立自由的花	저 고려인의 독립과 자유의 꽃을 사랑하리라

상해 중문판 제6호 _ 대한민국 4년(1922) 9월 7일, 4면

溪水
계수

索非
색비

一灣溪水	한 구비 계곡물
不絶的流	쉬지 않고 흐른다
阿, 莫知來處的落花	아, 어디에서 떨어진 꽃인 줄은 모르지만
經過我的前面	나의 얼굴을 스치고 가더니만
一刹那又莫知去處了	잠깐 사이에 또 어디로 가는지 모르겠다
潺潺的聲音	졸졸졸 흐르는 소리는
是奏那神奇的音樂	신기한 것을 연주하는 음악이고
滔滔的波浪	도도히 흐르는 물결은
是革命者流成的血潮	혁명가가 흘리는 뜨거운 피 흘림이다
阿, 那音樂是爲我而奏	아, 그 음악은 나를 위해 연주하는 것이고
阿, 那血潮裏有我的血	아, 그 열정 속에는 나의 피가 있다
光明的前途阿	광명정대한 앞 길
等着我的心音	나의 고동치는 심장 소리를 기다린다
自由的樂境阿	자유의 열락은
需要我的血精	나의 피와 정신을 요구한다
阿, 我的血球爆裂了	아, 나의 피가 폭발한다

阿, 我的心絃緊張了	아, 나의 마음의 가락이 긴장한다
流罷, 流罷	흘러가라, 흘러가라
流成鮮紅的血潮	선홍색을 이루는 피 흘림이
去灌溉那自由花	저 자유를 향한 꽃에 물을 주어야지
彈罷, 彈罷	연주하라, 연주하라
彈成神奇的音樂	신기함을 연주하는 음악 소리가
去引起那自由的歌	저 자유의 노래를 일으키리라

상해 중문판 제6호 _ 대한민국 4년(1922) 9월 7일, 4면

漂浪(표랑)

바람은 분다 비는 온다
오든 비 부든 바람 긋나기 前(전)에
또 이러난다 또 이러난다
내 가슴속에 타는 불이!

이곳이 어듸라요
西伯利亞(서백리아) 찬 벌판인가요?
南北滿洲(남북만주) 풀밧 속인가요?
그것도 아니면 江南(강남)의 것친 들인가요
괴롭다 마러라 우지 마러라
먹을 것 업고 입을 것 업다고
나라 亡(망)하고 主人(주인) 업난 百姓(백성)
의레이 그럴 줄 몰낫더냐?

그러나 우러라 또 울어라
放浪(방랑)에 放浪을 계속하는 너이들

目的(목적)이 무어냐? 잇지 말어라

漂浪의 報酬(보수)로 自由(자유)의 月桂冠(월계관) ……

제139호 _ 대한민국 4년(1922) 9월 11일, 1면

秋夜江遊
추야강유

秋夜長江(추야장강) 달 밝근대
배를 저어 가노메라
天地(천지)에 放浪(방랑)커늘
슬흔들 어이하리
千愁萬恨(천수만한)을
오직 저 滾滾(곤곤)한 長流(장류)에

江水(강수)는 바다로
月色(월색)은 山(산)넘어 도라간다
江邊(강변)에 자는 白鷗(백구)
秋草間(추초간)에 우는 虫聲(충성)
船子(선자)야 뉘라서
自古(자고)로 興亡(흥망)이 有數(유수)라 하더냐

悠悠(유유)한 이 心思(심사)
滾滾한 저 流水(유수)
月光(월광)에 醉(취)한 魂(혼)이
淸風(청풍)에 춤추도다

벗님아 이렇게 晝夜東流(주야동류)로

훨훨 우리 洛陽勝地(낙양승지)에

제140호 _ 대한민국 4년(1922) 9월 20일, 1면

乞人(걸인)

경재

어느 날인가 몹시도 더운 날
나는 온갖 煩悶(번민)을 撲滅(박멸)코져
더듬더듬 公園(공원)에로 차자가섯다

襤褸(남루)에 싸이엿고 눈물에 뭇친
한 거지가 집에는 七十(칠십) 老母(노모)가 잇고
빅곱하 우는 어린 兒孩(아해)의 哀願(애원)
참아 듯고는 잇지 모하갓다고
나에게 洞鈴(동령)을 請(청)하여섯다

그는 일즉이 어느 工場(공장)에서
품파리하야 온 食口(식구)가 살아왓다요
雪上(설상)의 加霜(가상)이여라
機械(기계)에 손이 傷(상)해서 그것쪼차 不能(불능)이라고

밋지 못하리라 現代(현대)의 資本家(자본가)
그를 爲(위)해 땀 흘니고 애를 써것만

一旦(일단) 몸이 傷하고 보니
헌신작(弊履)(폐리) 바리듯 하엿서라
밋지 못하리라 아니 살지 못하리라
現代社會(현대사회)의 制度(제도) 밋테서는!!

나는 衣囊(의낭)을 뒤져 보앗다
지갑도 時計(시계)도 손수건ᄭ지도……
아무것 하나도 아니 가저섯다
아! 거지는 아즉도 손을 내여 밀고
무엇 주려니 苦待(고대)하고 이섯다
썰니기 始作(시작)하였다 썰닌다 그의 손은

나는 慌忙(황망)하엿섯다 할 수 업서
그의 더러운 손을 꼭 쥐엇다
『兄(형)아! 容恕(용서)하여라 나는 공교히
아무것 하나도 가진 것이 업다』

거지는 눈물이 그렁그렁한 눈으로
나를 보앗다 그리고 싱긋 우서 주엇다
그 亦(역) 차듸찬 손으로
나의 손을 힘 잇게 쥐여주엇서다

『아니올시다 惶悚(황송)하외다
이것만 해도 感謝(감사)합니다』
아 이때에 나의 가슴은 얼마나?

제140호 _ 대한민국 4년(1922) 9월 20일, 4면

가을

하날은 놉핫고
구름은 희-ㄴ데!
바람은 산들산들
암아도 가을이 分明(분명)해!

水畓(수답)에 누른 벼
맛나에 生命實(생명실)로!
아참부터 저녁ᄭᆞ지
主人(주인)의 거둠을 바람이여!!

그中(중)에도 勤農夫(근농부)
明年(명년)에 새 맛나를!
더 만히 거두려고
거름을 활활 ᄲᅮ리도다

제141호 _ 대한민국 4년(1922) 9월 30일, 2면

秋吟(추음)

하날은 놉고 바람은 산듯
우수수 나리 난 나무입(葉(엽))은
가을철이 완연하다고
自然(자연)은 나에게 속삭이엿서라

아사요 마라요 꺽지난 마라요
고 고흔 丹楓(단풍) 시드러지면
白雪(백설)이 펄펄 날닐 쁜이라고
自然은 나에게 속삭이엿서라

시들푼 草綠(초록)은 죽거나 말거나
바람이 솔솔 부러오니
依支(의지) 업시 써도난 포틸
心思(심사)의 不安(불안)은 더욱 甚(심)하엿서라

제142호 _ 대한민국 4년(1922) 10월 12일, 1면

獨立軍(독립군)

一.

西伯里(서백리)와 滿洲(만주) ᄯᅳᆯ 險山難水(험산난수)에
決心(결심) 품고 단니는 우리 獨立軍
千辛萬苦(천신만고) 모도 다 달게 녁이며
눈물 ᄯᅡᆷ을 ᄲᅮᆯ임이 그 얼마인가

二.

蒙古沙漠(몽고사막) 내부는 차디 찬바람
私情(사정) 업시 살졈을 ᄯᅦ갈 듯한데
森林(삼림) 속에 눈 ᄭᅡᆯ고 누워 잘 ᄯᅢ에
ᄭᅳᆯ는 피가 더욱히 ᄯᅳ거워진다

三.

지친 다리 ᄭᅳ을며 步步前進(보보전진)코
쥬린 베를 ᄯᅴ 졸나 힘을 도읍네
無情(무정)하다 歲月(세월)은 흘너가건만
目的(목적)하는 큰 事業(사업) 언제 일우랴

四.

父母兄弟(부모형제) 妻子(처자)를 離別(이별)하고셔
十餘年(십여년)을 이갓히 生活(생활)하다가
無窮花(무궁화)가 봄 맛나 다시 필 ᄶᅢ에
우리 즐검 ᄯᅡᆯ아셔 無窮하리라

제143호 _ 대한민국 4년(1922) 10월 21일, 1면

夕陽
석양

錢揖士
전읍사

赤珠似的日	붉은 구슬 같은 해가
落在波心	물결 가운데 떨어지고
流水如金	흐르는 물이 쇳덩이처럼
浩浩湯湯倒	거칠 것 없이 세차고 힘차게 와서는
浸在鴨綠江濱	압록강으로 흘러갔다
○欲歸去	돌아가서는
牛背○笛橫	소 등 위에서 피리를 분다
對岸樵夫	언덕 저편에 초동은
嘈嚌呼渡聲	조잘조잘 소리 지르면서 건너오라고 소리 지르면서
溪傍坐了	물가에 앉았다
髮似雪的漁翁	어옹(漁翁)은 머리카락이 눈처럼 희고
農人荷鋤歸	농부는 호미를 지고 돌아가면서
口內唱晩風	저녁바람 분다고 외친다
樹梢上的鳥兒	나무 끝에 있는 새가
不住鳴	쉬지 않고 지저귀는데
日將沒	해가 가라앉으면서
日將沈	해가 사라지네

願君恢復舊河山　바라건대 그대는 옛날의 산하를 회복하여
同享太平樂　함께 태평한 세상의 즐거움을 누려야 하리

상해 중문판 제11호 _ 대한민국 4년(1922) 10월 25일, 4면

又一個燕子
우일개연자

李鳳閣
이봉각

一.

燕子飛	제비야 날아라
燕子飛	제비야 날아라
飛到那沿海的各灣港	연해의 항구마다 날아가
去吃那帝國的奸商	제국의 간상(奸商)들을 모조리 삼켜버리렴

二.

燕子飛	제비야 날아라
燕子飛	제비야 날아라
飛到那○齒韓國	한국 땅에 날아가
去吃那帝國的虎狼	제국의 호랑(虎狼)을 모두 삼켜버리렴

三.

燕子飛	제비야 날아라
燕子飛	제비야 날아라
飛到那黑水大洋	흑수대양(黑水大洋)에 날아가
去吃那帝國的軍艦盜艙	제국의 군함과 도창(盜艙)을 모두 삼켜 버리렴

四.

燕子飛	제비야 날아라
燕子飛	제비야 날아라
飛到那混沌的昊倉	저 혼돈한 하늘로 날아가
去吃那艇機飛航	비행기와 무기들을 모조리 삼켜버리렴

五.

燕子飛	제비야 날아라
燕子飛	제비야 날아라
飛到那三島倭邦	왜놈들의 섬나라에 날아가
去吃那帝國的狡皇	제국의 교활한 천황을 삼켜버리렴

상해 중문판 제11호 _ 대한민국 4년(1922) 10월 25일, 4면

우리의 身勢[신세]

ᄯᅡ(地[지]) 업슨 者[자]여!
찬바람 몸에 부디칠 적에
좁살알 갓흔 소름 全身[전신]에 쥐여 ᄲᅮ리여라
그리고 봄빗에 ᄯᅡ듯한 錦繡江山[금수강산]을 생각하여라

집 업슨 者여!
찬 눈(雪[설]) 휘날닐 적에
ᄯᅧᆯ니난 몸을 음치(縮[축])겨어라
그리고 봄빗에 ᄯᅡ듯한 故國[고국]살림을 생각하여라

옷(衣[의]) 업은 者여!
찬 서리(霜[상]) 억개 우에 내려불 적에
손ᄭᅡ락 발ᄭᅡ락 어러ᄲᅡ저어라
그리고 봄빗에 ᄯᅡ듯한 祖國山川[조국산천]을 생각하여라

먹을 거 업슨 者여!
찬 아츰 空氣[공기]에 痲痺[마비]될 적에

쓰리고 주린 빅(腹) 웅키여 잡어라

그리고 봄빗에 싸듯한 無窮花 동산을 생각하여라

제144호 _ 대한민국 4년(1922) 10월 30일, 1면

K兄(형)의게

아 사랑하는 K兄아!

네의 마음을 내가

내의 마음을 네가

셔로셔로 알아 理解(이해)함이여!

管仲(관중), 鮑叔(포숙)이 잇슨 후

너와 내가 오날에 처음인가 하노라!

아 사랑하는 K兄아!

네의 살을 내의게

내의 살을 네의게

셔로셔로 밧치여 將來(장래)를 圖謀(도모)함이여!

桃園(도원)에 三人(삼인)이 잇슨 후

너와 내가 오날에 처음인가 하노라!

아 사랑하는 K兄아!

우리 오날 셔로 난호임이여!

造物(조물)이 믜웨함이던가

鬼神(귀신)이 싀기함이던가

牽牛織女(견우직녀) 잇슨 후

너와 내가 오날에 처음인가!? 하노라!

제148호 _ 대한민국 4년(1922) 12월 13일, 1면

殉國者(순국자)

放舟(방주)

그리도 勇敢(용감)하던 愛國(애국)의 同志(동지)이여
大事(대사)를 앞헤 노코 敵彈(적탄)에 죽단 말가
愛國이야 愛國이연만 가기 서러워라

殉國者 遺言(유언)에 「부대獨立(독립)」의엿건만
나마잇는 同志들 서루서루 쌈만 하니
말 못하는 魂(혼)이라도 가슴 압흘가나

제148호 _ 대한민국 4년(1922) 12월 13일, 4면

新年祝詞
신년축사

白岩
백암

根據半萬年歷史精神	반만년 역사정신에 근거하여
揚獨立之赤幟	독립이라는 기치를 내걸고
遂迎五年新曆	마침내 창립 오 주년을 맞았네
順應二十世人道主義	이십 세기 인도주의에 순응하여
鳴自由之洪鐘	자유의 큰 종을 울려
益固一心大團	한마음으로 대동단결 더욱 굳게 하리

제150호 _ 대한민국 5년(1923) 1월 1일, 1면

元旦祝賀
원단축하

雲圃 金晉奎
운포 김진규

天道好還青邱	천지의 도가 조선[青邱]으로 돌아와
人事喜新白山	사람들이 기뻐하고 백두산이 새롭구나
東西春風遍滿	동서로 봄바람이 가득 퍼지고
南北和氣充溢	남북으로 따뜻한 기운이 넘쳐흐르네

제150호 _ 대한민국 5년(1923) 1월 1일, 1면

祝賀新年
축하신년

申一宇
신일우

祝鴻圖之大展	원대한 계획이 크게 전개됨을 축복하고
賀駿業之永遠	큰 사업이 영원하게 될 것을 축하하네

제150호 _ 대한민국 5년(1923) 1월 1일, 1면

感舊祝新
감구축신

韓泰雄
한태웅

往劫을 經하야 風霜霹靂을 對抗한 獨立筆이며
왕겁 경 풍상벽력 대항 독립필

新歲를 屆하야 錦繡江山에 遍滿될 自由花로다
신세 계 금수강산 편만 자유화

제150호 _ 대한민국 5년(1923) 1월 1일, 1면

祝賀獨立新聞
축하독립신문

智汕
지산

爾熱之誠	너의 열렬한 정성이
培養我二千萬精神	우리 이천만 동포의 정신을 배양하였고
爾能之力	너의 뛰어난 능력이
破裂倭幾千萬腦髓	수천만 왜적의 뇌수를 부수어버렸다
故敬祝爾壽無窮	너의 무궁한 장수를 경축하고
而兼賀同社諸位先生新年新福矣	아울러 신문사 여러 선생이 새해에 복 받기를 축원한다

鏡湖
경호

一紙風行	한 조각 신문이 바람처럼 퍼져
雲捲蒼天	푸른 하늘의 구름조차 쓸어버린다
萬詞雨化	많은 기사가 비처럼 뿌려지고
春嘘青邱	봄기운이 조선 땅에 퍼진다
可以仰月星交潔	밝은 달과 별을 우러러보고
可以觀動植生輝	동물과 식물도 생기가 나는 것을 볼 수 있다네

竹圃
죽포

昏衢明燭	어두운 거리를 밝히는 환한 촛불
百病一醫	많은 병을 고치는 의사
迷津寶筏	나루터를 찾는 뗏목
十盲一筇	장님을 지켜주는 지팡이라네

春山
춘산

鞠新年第一躬	새해에 첫 번째로 몸을 굽히는데
爾壽與鴨綠長	너는 압록강 긴 물줄기와 같이 장수해야 한다네
至公如水平線	공명정대함이 수평선과 같아야 하리
又擧第一盃	한 잔 술을 높이 든다네

祝獨立新聞報	독립신문이 널리 퍼짐을 축하하노니
爾性與金剛堅	너의 성품은 금강석처럼 견고하다네
普照如太陽光	태양처럼 널리 비추어
敬賀同社員	신문사 모든 사람들에게 공경히 축하를 올린다네

제150호 _ 대한민국 5년(1923) 1월 1일, 1면

祝新年獨立新聞(축신년독립신문)

春雨(춘우)

아 獨立新聞아 새해로부터
네의 親切(친절)하고 溫和(온화)한 목소래는
陰崖寒谷(음애한곡)에 太陽(태양)의 光線(광선)으로 化(화)하여
우리 倍達族(배달족) 二千萬(이천만)의 心奧(심오)에
모든 感情(감정)과 野心(야심)을 鎔解(용해)하야
大團結(대단결)을 促成(촉성)하라

아 獨立新聞아 새해로부터
네의 剛毅(강의)하고 勇敢(용감)한 목소래는
白日靑天(백일청천)에 霹靂(벽력)의 聲音(성음)으로 化하여
寃讐(원수) 大和族(대화족)의 三千萬(삼천만)의 眼前(안전)에
모든 惡毒(악독)과 罪過(죄과)를 爆發(폭발)하야
恐怖心(공포심)을 惹起(야기)하라

아 獨立新聞아 새해로부터
네의 公平(공평)하고 激烈(격렬)한 목소래는
東亞西歐(동아서구)에 大洋(대양)의 潮流(조류)로 化하여
世界(세계) 全民族(전민족) 十六億(십육억)의 耳朶(이타)에

모든 正義(정의)와 人道(인도)를 注射(주사)하야 大同情(대동정)을 挽回(만회)하라

제150호 _ 대한민국 5년(1923) 1월 1일, 2면

三一獨立宣言(삼일독립선언)

五年元旦祝賀(오년원단축하)

一雨(일우)

一.

三一神人(삼일신인) 開極(개극)하신
한나라의 半萬年史(반만년사)
檀雨乾坤(단우건곤) 永遠(영원)이오
槿花日月(근화일월) 無窮(무궁)이라

二.

三一運動(삼일운동) 큰霹靂(벽력)에
한나라이 다시열녀
全世界(전세계)의 獨創(독창)으로
新建設(신건설)에 奮鬪(분투)하네

三.

三一玅數(삼일묘수) 循環(순환)이라
한나라의 새榮譽(영예)로
五年元旦 만낫으니
前路無窮(전로무궁) 祝賀이라

제150호 _ 대한민국 5년(1923) 1월 1일, 3면

잉도꼿

峯生
봉생

一.

짯뜻한 봄동산에

제멋대로 활작핀 잉도꼿아!

뭇노니?

너의 영화가 멧날이냐!

어디 보쟈……

찬 눈 나리고 시비리아 모진 바람

내부는

그째에……

二.

얼 업시 그 꼿 우에

향기 쫏차 춤추는 나뷔들아!

뭇노니?

너의 깁븜이 멧 날이냐!

두고 보쟈……

찬 눈 나리고 시비리아 모진 바람

내부는

그때에 ……

제150호 _ 대한민국 5년(1923) 1월 1일, 3면

새해 아츰

牧神(목신)

날이라 날이라 녯이 가고 새거시 오는
네 즘 두 온 쉬인 여섯 해* 첫날이라
세월의 女神(여신)이 警笛(경적)을 소리 놉히 부르는 날에
火印(화인) 마즌 수다한 同族(동족)의 靈(영)들이
自由(자유)의 거-ㅁ님 압헤 꼿지 피다
시드러져 가는 회불 불씌로
가는 해 오는 해에 매임실을 멘들고져
가느른 회불들을 가진
敗北者(패배자)의 靈들이
한숨 쉬여 울며 부르짓기를
『主(주)여 얼마나 더 참으시려나잇가?』 한대
두즘골 째는 靈들이 呻吟(신음)하야
『빅셩나라 녯재 해 세 온 여슌닷새가
벌셔 다 갓사오며
매운 칼과 독한 살 아래셔
이것슬 우리가 참앗나이다

---

* 네 즘[四千] 두 온[二百] 쉬인[五十] 여섯[六] 해는 단기 4256년(1923).

主여 아직도 더 기다리러 하시나이ᄭᅡ?』

瞬間(순간)은 지나고 自由의 검의 목소리는 은근하게

『自由를 찻는 弱(약)한 靈들아

잠을 ᄭᅢ일지어다

自由는 貴(귀)한 거시다

自由는 갑진 거시다』

『外飾(외식)하는 靈들에게 眞理(진리)가 이슬 거시냐?

正午(정오)에 ᄭᅮᆷᄭᅮ고 잇는 靈들에게 상금이 이슬 거시냐?

ᄭᅩᆺ새이 춤추는 나뷔와 ᄭᅮᆷᄭᅮ는 魂(혼)에게

秋夕(추석) 저녁엣 ᄯᅥᆨ이 이슬거시냐?

서로 잡는 吸血魂(흡혈혼)들에게 칭찬이 이슬 거시냐?

갈나 헤어진 靈들 압헤 天惠(천혜)가 이슬 거시냐?』

『너희는 몬져 그 義(의)를 求(구)하라!

가서 그릇슬 예비하고 기름과 심지를 사드리라

거룩한 거슬 도야지에게 주지 안나니

勇敢(용감)은 哀願(애원)보다 나흐며

自造(자조)는 신세짐보다 貴하니라!』

아! 내의 靈은 잠깨엿도다!

누리 온갓 것세 새 삶을 주는 첫날 해가 ᄯᅳᆯ ᄯᅢ

내의 靈은 임이 울기와 탄식하기를 ᄭᅳᆺ치고

화려한 希望(희망)을 바로 보아

창을 집고 이러서다

제150호 _ 대한민국 5년(1923) 1월 1일, 4면

ᄯᅢ는 왓다

在天津(재천진) H生(생)

一.

ᄯᅢ는 왓다
우리의 이마에 ᄯᅡᆷ을 흘니고
우리의 주먹이에 피를 모흘
ᄯᅢ는 왓다
自由(자유)의 血路(혈로)에 나서서
발에 長靴(장화)를 신고
十年(십년)이나 가-ㄴ 白刃(백인)
白光(백광)을 번득일
四千二百五十六年(사천이백오십육년)!
大韓民國(대한민국) 五年(오년)!

二.

동무들아
蔭翳(음예)*의 구덩이를 눈물의 골잭이를

---

* 어두운 그늘.

버서 나오라 그리하고

쒸자 쒸자 우리 祖上(조상)의 遺傳(유전)한 피덩이가

쒸는 그대로

보라 너희의 압헤 얄미운 원수를

그리고 잠자는 亞細亞(아세아)

世界(세계)의 大修羅場(대수라장)을

엇써냐!

힘것 闊潑(활발)하고 힘것 서더러야 할

動(동)! 力(력)! 피! 쌈! 싸홈!

다만 이 가운데

우리의 神聖(신성)한 靈(영)이 祖國(조국)이

삶이 잇을 섄이다

三.

째는 왓다 동무들아

우리가 저야만 할 안 저서는 안 될

十字架(십자가)는 限(한)이 업다

우리가 소리쳐야 할 안 질너서는 안 될

부르지짐은 끗이 업다

압흐로— 갓! 十字架를 向(향)하야

驅步(구보) — 엇!

神聖(신성)한 生(생) 絶對(절대)의 自由를 爲(위)하야!

소리처— 始作(시작)! 全世界(전세계)를 向하야

絶叫(절규)— 엇!

對敵(대적)의 非人道(비인도)를 痛罵(통매)하라고

그리고 우리의 主張(주장)을 貫徹(관철)하랴고

四.

째는 왓다

우리는 神聖祖國(신성조국)을 再建(재건)할

그리고 藝術(예술)의 나라 文化(문화)의 옛터

人道의 나라 君子(군자)의 東方(동방)을 다시 차즐

그러타 우리는

天柱(천주)가 썩거지거나 地軸(지축)이 부러지거나

피 쒸는 그대로 힘것! 숨것! 最後(최후)ᄭᅡ지!

서드는 그 가운데

韓國(한국)은 잇다

五.

아— 째는 왓다

四千二百五十六年!

大韓民國 五年!

제152호 _ 대한민국 5년(1923) 1월 17일, 4면

평안히 주무소서

牧神(목신)

갈 데 업슨 魂(혼)들이여!
「삶」은 「죽엄」보다 한업시 앗가운 거시엿만은
쓸는 피 쏘드시고 머-ㄹ니 머-ㄹ니 나라가신
짐 업는 魂님들이여!
바람은 차고 눈은 쌔리는데
헐벗겨 버림밧은 님들의 肉體(육체)가
어-나이다 ᄯᅧ-나이다
그러나 다시 그 살덩이들을 ᄯᅡ스하게
녹여보지 못할 魂들이여!
다시 오지 못할 魂님들이여!
밤이 임이 깁헛는데
울며불며 어데로 가시나잇가?
「쿠오바듸스, 도미네?」
「두 번재 十字架(십자가)에 못 박히려!」
가시나잇가?
오! 尊敬(존경)을 바들 희생된 靈(영)들이여
몬져 쏘개여주소서 불살녀주소서
우리 썩은 가슴을

님들이 가지신 날센 칼과 쓰거운 불씃으로
그러고 가서 평안히 주무실 자리를 차즈소서
저희는 다시 聯合(연합)의 문턱에 발길 드려노핫사오니
저희가 여러분 魂님 압헤
成功(성공)의 산 祭物(제물)을 밧치는 날ᄭᆞ지
다시 이 神聖(신성)한 뭉침에서 써나지는 안켓나이다
오! 거룩하신 魂들이여
平安(평안)히 주무소서

제154호 _ 대한민국 5년(1923) 1월 31일, 1면

追悼歌(추도가)

一.

定處(정처)업시단니는　나라일흔우리가
萬里異域(만리이역)에안져　슯흔맘과눈물로
殉國(순국)하신諸賢(제현)을　生覺(생각)하는서름은
하날땅이캄캄코　가슴속이터진다

二.

멀니뵈는故國(고국)은　구름속에잠겻고
無主孤魂(무주고혼)외롭게　떠단니는져忠魂(충혼)
나라찻지못하고　도라가신그怨恨(원한)
간곳마다이哀痛(애통)　怨恨哀痛스럽다

三.

칼과총과창끗헤　한숨쉬며가실때
매와絞繩(교승)불속에　重(중)한괴롬當(당)할때
아득하신精神에　애쓰시던그形像(형상)
가삼속에흐르는　더운피가끌는다

四.

먼저가신여러분　殉國하신자최를

우리또한따라서　함께밟아가리니

忠魂義魄(충혼의백)그精神　無窮花(무궁화)에실녀서

無窮토록永遠(영원)히　우리따에빗나리

제154호 _ 대한민국 5년(1923) 1월 31일, 2면

殉國諸賢追悼歌(순국제현추도가)

一雨(일우)

一.

半萬年(반만년) 길게오는 우리歷史(역사)가
國粹(국수)를 保全(보전)코져 목숨바리신
志士(지사)와 仁人(인인)들의 피로墨(묵)삼아
記錄(기록)한 페지페지 ᄭᅩᆺ송이로다

二.

이歷史 우리腦(뇌)에 ᄲᅮ리박히고
그ᄭᅩᆺ이 우리몸에 열매되여셔
萬古(만고)의 大恥辱(대치욕)을 當(당)한날부터
殉國한 諸賢들이 接踵(접종)하엿네

三.

諸賢의 ᄭᅳᆯ는피가 우리가슴에
ᄯᅳ거운 눈물되야 소사오를ᄶᅢ
우리몸 犧牲(희생)삼아 追悼祭壇(추도제단)에
알들이 바치오니 바드시소셔

제154호 _ 대한민국 5년(1923) 1월 31일, 2면

國民代表會祝賀歌
국민대표회축하가

峯生
봉생

一.

이쳔만의 각오로 열닌 이 몯음
반만년 역사상에 처음 일이라
싸혓든 감졍과 못은 허물을
동졍의 손을 잡아 다 업시 하라

二.

오날부터 나가는 우리 압길은
튼튼한 신 궤도에 화목스럽게
일헛든 조국과 너의 자유를
어서 급히 차즘도 이에 잇도다

제155호 _ 대한민국 5년(1923) 2월 7일, 1면

(하남 여협 운운의 시)

雲雲(河南女俠)
운운 하남여협

殺盡人間賤丈夫　인간의 천한 장부들을 다 죽이고
擁兵賣國盡伏辜　군사를 끼고 매국하는 사람들을 다 죄에 복주(伏誅) 시켰네
重新建設眞民國　참된 중화민국을 새로 건설하니
其富均用擴版圖　부를 함께 하고 씀을 고르게 하여 판도를 확장하네

제155호 _ 대한민국 5년(1923) 2월 7일, 2면

三一節有感吟
삼일절유감음

少松
소송

民國於焉過四年	대한민국 외침 소리 어언 사 년이 흘렀지만
復無寸土又經年	한 조각 땅도 얻지 못하고 또 한 해를 보냈다
兄弟殺身如定刻	살신성인한 형제는 운명이 정해진 듯
姊妹濺血已多年	피를 뿌린 자매도 이미 여러 해가 지났다
雪來國恥重盟日	나라의 수치를 씻고자 거듭 맹세한 날
報去公讐宣誓年	원수를 갚고자 맹세한 해
同胞莫恨臨時苦	동포여, 순간의 고통을 탓하지 말고
從此自由萬億年	앞으로는 억만 년 자유를 누리리라

제156호 _ 대한민국 5년(1923) 3월 1일, 1면

내 너를 위하여

붉참

『붉은 해가 쓰는 곳에
어둔살이 못하여라
붉은 피가 쒸는 남어
종에의 멍에 못메여라!』

산 놉고 물 곱은 한반섬이
玄海灘(현해탄) 독한 물에 들쌔질 때
아! 도라가신 의로온 혼이어!
매도 옥도 가리지 안코
오즉 그만 건지고져 ……
살을 헷치고 피 쌔리며
오즉 그만 건지고져 ……
『東海(동해)물과 白頭山(백두산)이 말으고 달토록,
祖上(조상)의 기친 터젼 길이 保全(보전)하리라!』

아츰 빗 붉고 곱은 한반섬이
세섬 일희 째• 발에 헷씩힐 때
아, 도라가신 거록한 혼이어
총도 칼도 두려안코

오즉 그만 救(구)하고져 ……

살을 헷치고 피 쌔리며

오즉 그만 救하고져 ……

『이 몸이 죽고 죽어 魄(백)이야 잇건 업건,

나라를 위한 마음 가실 길 잇으랴!』

二千萬(이천만)의 生存(생존) 위해

半萬年(반만년)의 榮譽(영예) 위해

아, 도라가신 偉壯(위장)한 혼이어!

쌔애 삭이노이다

당신의 붉은 뜻을

피에 심노이다 ……

당신의 自由精神(자유정신)!

『살어 남의 종됨보다

차랄히 죽어 自由혼을 -』

『붉은 해가 뜨는 곳에

어둔살이 못하여라

붉은 피가 쒸는 남어

종의 멍에 못 매여라!』

제160호 _ 대한민국 5년(1923) 5월 2일, 4면

• '3개의 섬'에 사는 '이리 떼'라는 뜻으로 일본인을 가리킴.

追悼詞
추도사

爲國獻身忠義全	조국 위해 몸을 바치니 충성과 의리가 온전하고
視死如歸諸先公	죽음 보기를 집으로 가는 것처럼 여긴 여러 선배들
英名傳垂千古亘	꽃다운 명성은 후대에 길이 전해질 것이고
丹心不朽萬歲存	일편단심 썩지 않고 만대에 보존되리라
臨終無屈志氣强	임종 때에 굳건히 의지를 굽히지 않아
意使島夷心肝冷	섬나라 오랑캐 간담을 서늘하게 하였네
四山寒雪弔公素	사방의 산도 한설로 공을 조문하고
西風落月草木凄	가을바람에 달이 지니 초목도 처량하구나

제162호 _ 대한민국 5년(1923) 7월 21일, 1면

國內水災(국내수재)의 消息(소식)

上帝(상제)가 비를 주어
비가 쇠여 洪水(홍수)되야
三千里江山(삼천리강산)을
말가케 가시도다
그러나 腥塵(성진)은 依舊(의구)히
全國(전국)에 덥히단 말가

제164호 _ 대한민국 5년(1923) 9월 19일, 1면

ᄭᅮᆷ에 金剛山[금강산]을 보고(新調[신조])

金剛山 조타 마러

丹楓[단풍]만 덥혓더라

丹楓의 입새 입새

秋景[추경]만 그리더라

차라리 蒙古[몽고]의 大沙漠[대사막]에

大風[대풍]이 죠흘가 하노라

제166호 _ 대한민국 5년(1923) 11월 10일, 1면

追悼歌
추도가

一.

독사여호겸한원수
제 죄로써닙은천벌
지다위[*]를밧은우리
참혹할사이웬일가

후렴 아프고도분하도다
원수에게죽은동포
하느님이무심하랴
갑풀날이멀지안소

二.

산도셜고물도션대
누로해서건너갓나
쌈흘리는구진목숨
요것까지빼앗는가

---

* 자신의 허물을 남에게 덮어씌우는 짓.

三.

나그네집찬자리에
물쥐어먹고맘다하여
애쓸히던청년학도
될셩부른싹을썩어

四.

온갓소리들씨우어
니를갈고막죽엇네
저피방울쏘친곳에
바람맵고셔리차아

제167호 _ 대한민국 5년(1923) 12월 5일, 1면

舟中
주중

金祉燮
김지섭

萬里飄然一粟身	만 리 길 훨훨 좁쌀 같은 이 한 몸
舟中皆敵有誰親	배 안은 모두 왜적이라 누구와 친하게 지낼 것인가
張椎荊劍胸藏久	장량(張良)은 쇠몽치로, 형가(荊軻)는 칼을 품고 진 시황을 죽이려 했고
魯海屈湘思入頻	노중련(魯仲連)은 동해(東海)로, 굴원(屈原)은 상수(湘水)로 가는 생각이 잦네
今日腐心潛水客	오늘은 절치부심하는 방랑객이지만
昔年臥薪嘗膽人	옛적에는 와신상담하는 사람이었다네
此行已決平生志	이번 행차는 평생의 의지로 결정하였으니
不向關門更問津	관문으로 가지 않으면 다시 나루터를 묻겠네

제170호 _ 대한민국 6년(1924) 1월 19일, 1면

新年
신년

金祉燮
김지섭

一夢人間四十翁　인간 세상에서 한바탕 꿈을 꾸는 마흔 살 사나이
松門雨過大和風　송문에 비 내리니 따뜻한 바람 분다
可憐今日迎新感　오늘 새해를 맞는 감회가 안타깝지만
畢竟千差萬不同　필경에는 천차만별 다른 모습이라네

제170호 _ 대한민국 6년(1924) 1월 19일, 1면

新春祝
신춘축

池萬寧
지만녕

筆鋒驅霜電	필봉이 서리처럼 몰아치니
賊膽驚寒	왜적 간담이 서늘하리라
紙面動地雷	지면은 지축을 울려
國魂蘇復	나라의 정신이 회복되었다네
紀元六周祀	발간한 지 육 년이 되니
枯檀開花	시든 박달나무에서 꽃이 피고
宣言萬有邦	만방에 널리 알리니
老槿生稊	오래된 무궁화에서 싹이 자라네
以獨立名報	독립신문이라고 이름을 지어
頌今日之賢勞	오늘의 고생을 널리 알리고
俾大羣同醒	많은 사람들을 각성시켜
望全域之永壽	나라가 오래도록 이어지기를 갈망하였네
爲吾族之四目	우리 민족의 눈이 되고자
祝吾社之五年	우리 독립신문사가 오 년 된 것을 축원하네

제171호 _ 대한민국 6년(1924) 2월 2일, 1면

咏修養會
영수양회

在●●地 敵監獄 金岡生
재 지 적감옥 김강생

忠心培養孝心修　충성심을 기르고자 효심을 닦고
務覽羣英進會遊　뭇 영웅을 만나고자 찾아간다네
教人和氣春風到　온화한 기상을 사람들에게 가르치니 봄바람이 오고
復國熱誠血淚流　국권 회복을 위한 뜨거운 열성에 눈물이 흐르네
萬死不同讎日月　원수의 해와 달에서는 수많은 사람의 생명이 같지 않고
一生修讀善春秋　한평생 독서하면서 춘추를 좋아하였네
斷斷諸君修春日　의지 굳센 여러분도 춘추를 공부해야지
大韓基業萬年悠　대한의 기틀이 만년토록 유구하리라
爲國益堅熱血心　조국 위해 뜨거운 마음을 더욱 견고히 하였건만
多年滯獄緣何事　여러 해 동안 감옥에 있는 것은 무슨 일 때문인가
平生善養浩然心　평생 동안 호연지기를 잘 수양하였으니
天必命吾賦一心　하늘이 우리에게 마음을 준 것이라네

제174호 _ 대한민국 6년(1924) 4월 26일, 4면

偶吟一首以供讀者一笑
우음일수이공독자일소

希山
희산

盡心勞力自由生　자유스러운 삶을 위하여 진심 노력한 것이
豈爲貪求紙上名　어찌 지상에 이름을 탐하려 함이겠는가
錢愁似繭重重縛　돈 걱정이 고치처럼 겹겹이 엮였으니
債味如醪細細傾　천천히 술 기울이듯 빚져갈 뿐이라
積案報紙陳陳在　책상에 케케묵은 신문지 쌓여 있고
殉國訃音片片縈　순국한 부음은 조각조각 얽혀 있네
二千萬我神檀族　이천만 우리 신성한 배달족은
世數倭仇俠劍鳴　세상의 왜구를 꾸짖어 협객의 칼을 울리네

제174호 _ 대한민국 6년(1924) 4월 26일, 4면

不平兒(불평아)

放舟(방주)

體面(체면) 因習(인습) 制度(제도)에 얼키여 매인
現代(현대)의 不平兒는
어느 ᄯᅢ나 어느 ᄯᅢ나 가슴에 쓰린
不滿(불만)을 안고 이슬 ᄲᅮᆫ
그리고 그에게 隨從(수종)할 ᄲᅮᆫ……
그러나 그러나 『술』이라는 魔力(마력)에게 痲痺(마비)! 陶醉(도취)되면
束縛(속박)의 눌리여 內心(내심)에 얼키엿든
모든 隱僞(은위)는 쓰러지고 만다
그리하야 不平兒의 몸에는
ᄭᅳᆯ는 피며 ᄯᅱ는 脈(맥)이
다-不平의 結晶(결정)일다
입에서 부루짓는 소리는
云謂(운위)『大韓(대한)의 男子(남자) ……』
주먹(拳(권))의 ᄲᅮ리침은
모다『敵(적)의 挑戰(도전)』일다
아-아럿다 아럿다
이ᄯᅢ가 革命兒(혁명아)의 眞精神(진정신)임을……

제175호_대한민국 6년(1924) 5월 31일, 1면

靈의 우름

蒼山子

오래고 오랜 歲月을 두고
山으로 들로 돌고 도랏다
모진 바람 찬 눈 무릅쓰고
東에서 자고 西에서 자고 햇다
그것은 오즉 敵彈(倭)에
靈이 살고져 함이엿다

오래고 오랜 歲月을 두고
칼 갈고 銃 닥고 하엿다
붉근 마음 끌는 피로
膽과 기운(氣)을 각구엇다
그것은 오즉 敵彈에
靈이 살고져 함이엿다

오래고 오랜 歲月을 두고
울고 부루지졋다
怨恨을 먹음고
哀極하고 絶痛하엿다

그것은 오즉 敵彈에

靈이 살지 못함이엿다

제177호 _ 대한민국 6년(1924) 10월 4일, 1면

平壤監獄修養會韻
평양감옥수양회운

小南 金元燮
소남 김원섭

忠心培養孝心修	충성심을 기르고 효도하는 마음을 닦아
務攬群英集會遊	많은 영웅들이 모여 있는 곳에서 교유한다네
萬死不共讐日月	만 번 죽더라도 원수와는 해와 달을 함께 하지 않고
一生須讀聖春秋	한평생 춘추를 읽었다네
敎人和○春風到	사람들에게 평화의 기상을 가르치니 봄바람이 오고
復國熱誠血淚流	국권을 회복하고 싶은 뜨거운 정성에 피눈물이 흐르누나
團團諸君修養日	제군들이 가득 모여 수양하는 날에
大韓基業萬年悠	대한의 기틀이 만년토록 유구하리라

春齋 李發榮
춘재 이발영

氣養浩然德又修	호연지기를 기르고 덕 또한 닦고
連成此會計同遊	이 모임 계속 이어 함께 교유한다네
浿月幾驚建國夢	대동강 밝은 달에 몇 번이나 놀라서 나라를 세울 꿈을 꾸었는가
塞鴻頻叫鐵窓秋	변방의 기러기가 철창에서 자주 울어대는 가을이라네
發揮義路丹心熱	의로운 길 가고자 일편단심 뜨거워

回憶往時流血淚　지난 시절 회상하니 피눈물이 흐른다
進此成功如指掌　공적을 이루려고 나아가는 것도 여반장일세
洛陽春酒○悠悠　낙양의 봄 술이 아득히 흐른다

竹菴 姜昌祚
죽암 강창조

放心收養道心修　방심을 거두어 도심을 기르는
烈烈群英會此遊　열렬한 군웅들이 이 모임에서 교유한다네
槿花皇發三千里　무궁화 삼천리강산에 아름답게 피었고
血史復明半萬秋　피로 쓴 역사가 다시 밝아오는 반만년의 역사라네
高談講演層雲碧　고상한 담론과 강연이 층층구름처럼 푸르고
雄辯討論大河流　웅장한 변론과 토론이 대하처럼 흐른다
勸告忠言教育意　교육에 뜻을 두라고 진심 어린 말을 하며
使吾後裔福悠悠　우리 후손들의 복이 끊임없이 이어지리라

제177호 _ 대한민국 6년(1924) 10월 4일, 2면

追悼詩
추도시

蔡燦에 대한 추도
채찬

小南
소남

生則有成死有名	살아서는 공을 이루고 죽어서는 명성이 있으니
諸公殉節日如明	여러 사람들이 순국한 절개는 태양처럼 밝다
夜夜忠魂頻入夢	밤마다 충성스러운 영혼은 자주 꿈결로 들어오고
時時烈魄似還生	때때로 열렬한 혼백은 다시 살아나는 듯하다
英雄去矣渾餘跡	영웅이 저세상으로 갔지만 흔적은 온전히 남아 있고
壯士哭兮大放聲	장사들이 대성통곡한다
奬忠壇上登臨日	장충단에 오르던 날에
爲我一開抱不平	나를 위하여 한바탕 응어리진 마음 펼쳐주시오

春齋
춘재

自來殉節不虛名	자고로 나라 위해 순국한 절개는 헛된 이름이 아니라
優劣中間史筆明	우열이 있음을 사필(史筆)이 증명한다
血淚淋漓殘雨濕	피눈물 가득히 비처럼 뿌리니
忠魂嗚咽暮雲生	충성스러운 혼백은 흐느끼듯 저녁 구름에 생긴다
絞臺含笑誰留跡	교수대에서도 웃음을 머금고 남긴 자취
出境報仇兇誦聲	국경을 넘어 흉악한 원수들에게 명성을 떨쳤다
大功未遂身先死	큰 공적 세우기 전에 먼저 죽었으니

長使英雄鳴不平　영웅의 울음이 오래도록 평안하지 못하겠다

竹菴
죽암

先述其功後顯名　먼저 그대의 공적을 기술한 다음에 명성을 드러낸다면
諸君血史自分明　여러 사람의 혈사는 절로 분명해지리라
見之熟不丹心發　뚫어지게 본다면 단심이 드러날 것이고
聞則人皆義務生　듣는다면 사람들 모두 정의로운 의무가 생길 것이다
獻身能任安民策　몸 바쳐 백성을 편안히 할 계책을 담당하였고
臨死猶呼愛國聲　죽음 앞에서는 오히려 나라를 사랑하는 소리를 질렀다
忠魂化作報讐劍　충성한 혼백은 원수를 갚는 칼로 변하여
消蔑殘夷歌太平　오랑캐를 물리치고 태평성대를 노래하리라

春山 弓履陽
춘산 궁이양

爲國獻身不爲名　나라 위해 몸 바쳤어도 명성을 이루고자 함이 아니네
忠情日月自昭明　충성스러운 마음은 일월처럼 밝구나
烈魂每宵頻入夢　뜨거운 영혼은 밤마다 자주 꿈으로 들어와
微吾苟命頑餘生　못난 나는 구차한 목숨 이어간다네
大哉不負山河誓　산하의 맹서를 저버리지 않았으니 대단하구나
號矣幾警霹靂聲　벼락 치는 소리에 몇 번이나 놀랐는가

丹誠熱血千秋節　뜨거운 정성 뜨거운 피는 영원한 절개요
福我後人致世平　우리 후인에게 복을 주어 태평성대 이루리라

竹菴季君作別詩
죽암계군작별시

小南
소남

思君不寐坐宵中　그대 생각에 잠들지 못하고 한밤중에 앉아 있으면서
只願平生生死同　평생토록 삶과 죽음을 함께 하길 원하였네
前路鴨江江上月　앞에 있는 압록강에 달이 떠오르고
後期燕塞塞邊風　뒤에 있는 연산(燕山) 주위에는 바람이 인다
人如保國盡忠去　사람들은 나라 지키느라 충성을 다하고
士必許身知己通　선비는 자신을 알아주는 사람에게 몸을 맡겼다네
鐵窓一別今歸日　쇠창살에서 한 번 이별하고 지금은 저승으로 가지만
爲我卽時見數雄　나를 위해 때때로 영웅의 풍모 자주 보여주세나

春齋
춘재

相逢讐獄中　원수의 감옥에서 만났으나
不與居常同　항상 생활을 함께하지 못하였네
理屐城邊月　성곽 주위 달빛 아래서 신발을 신고
驅車塞外風　변방의 바람 속으로 수레를 몰았지만
陽春先此到　따뜻한 봄볕이 먼저 도착하였으니

休運及其通	좋은 운수가 통하리라
慇懃囑一語	은근히 한마디 말을 전하니
力勸東征雄	힘써 노력하여 동방 정벌의 영웅이 되어야 한다오

春山
춘산

履雷冰浴苦刑中	얼음 계곡에서 괴롭게 생활하면서
並枕連衾每夜同	베개를 나란히 베고 이불도 함께 덮고 밤마다 함께 하였네
鴨江送客懷懸月	압록강에서 그대를 전송하니 마음은 달에 걸렸고
虎勇行師待好風	호랑이 같은 용맹으로 군대를 지휘하면서 좋은 바람 기다렸네
積玉丹心戀慕功	맑고 고은 일편단심으로 그대의 공로를 그리워하고
斷全知己意思通	온전히 자신을 알아주던 마음이 통하였다네
爲我問安團内後	나를 위해 안팎으로 안부를 물어주었고
又言槿景俟英雄	무궁화 가득한 곳에서 영웅을 기다린다고 또 말하였다네

軒卓 丁繼祿
헌탁 정계록

餞君今日鐵窓中	오늘 철창 속에 있는 그대를 보내는데
感戀與他大不同	그리움은 여느 사람과 크게 다르다네
會情正若雲凝氣	만나면 참으로 구름이 모여 있는 것 같고

別意忽如葉落風　헤어지면 낙엽이 바람에 떨어지는 것 같았다네
家族朝朝依閭望　가족은 아침마다 마을 어귀에서 기다리고
塞鴻夜夜信傳通　변방 기러기는 밤마다 소식을 전하였네
借問前行何處是　묻노니, 앞으로 가는 곳은 어느 곳인가
以我片言報數雄　한마디 말이나마 영웅인 그대에게 자주 소식 전하겠네

竹菴和小南
죽암화소남

所教銘見肺肝中　내려주신 가르침을 가슴 깊이 새겼지만
正與君心恐不同　참으로 그대의 마음과는 같지 않은 듯하네
心懷積玉將售價　마음으로 옥을 품었건만 누구에게 팔 것인가
圖似溟鵾幸送風　바람에 실려 넓은 바다를 나는 대붕(大鵬)과 같다네
西京新別何須惜　평양에서 헤어질 때는 섭섭하였지만
南滿舊情更信通　남만주에서 옛적의 정의(情誼)를 다시 이어갔다네
鐵窓忠魂老尤壯　쇠창살 감옥에서 충성스러운 기백은 늙을수록 더욱 굳세었으니
五百年來一個雄　오백 년 이래로 영웅이라네

天必命吾賦一心　하늘이 우리에게 마음을 주었으니
平生善養浩然心　평생 동안 호연지기를 잘 수양했다네
五年滯獄緣何事　다섯 해를 감옥에 있는 것은 무슨 일 때문인가
復國益堅熱血心　국권을 회복하고자 뜨거운 마음이 더욱 굳세졌다네

爾將奮我心　그대는 나의 마음을 흔들고

囚我辱我心	나를 가두고 나의 마음에 모욕을 주었다고
囚辱焉能奪	모욕을 주었으니 어떻게 떨쳐버릴 것인가
年久益堅心	세월에 따라 마음을 더욱 견고히 하는 것이라네
夷心焉敢挽吾心	왜적이 어떻게 나를 끌고 갈 것인가
只屈權能不屈心	권력에 굴복하겠지만 나의 마음을 굴복시킬 수 없다
二千萬族一分者	이천만 민족 중 한 사람도
須臾豈忘排日心	어찌 왜국을 배척하는 정신을 잠시라도 망각할 것인가

제177호 _ 대한민국 6년(1924) 10월 4일, 2면

蔡將軍(채장군)을 움니다

朴英(박영)

一.

아아 슯오다 將軍이 가미여
약하고 어린 우리를 버리고
가신 그곳은 어더매임닛가
무지게를 타고 神(신)의 나라로
우리의 自由(자유)를 하소연하려
기-ㄹ고 머-ㄹ니 떠남이외다
그러나 將軍의 非命(비명)인 訃音(부음)은
꿈 갓흐나 차라리 꿈이면 ……
쏙쏙한 現實(현실)을 엇지함닛가
아아 슯으다 아아 哀(애)닯어라

二.

아아 슯으다 將軍이 가미여
正義(정의)의 칼을 빗기 들고
人道(인도)의 나라를 理想(이상)하면서
여섯 해나 싸은 튼튼한 城(성)을
문허치려 함은 그 누구인가요

對敵(대적)도 안이요 남들도 안이다
져 못한 일에 猜忌(시기)를 품고
밋처 날쒸는 野心家(야심가)들이
利害(이해)도 몰으고 막 덤뷘다더니
아아 슯으다 아아 악가워라

三.

아아 슯으다 將軍이 감이여
對敵을 잡으려는 道具(도구)를 뺏고
對敵을 잡으려는 사람을 잡고
對敵을 잡으려는 生命(생명)을 쌔슴은
그것을 무엇이라 일음을 할가
羊(양)의 탈을 쓴 이리라고 할가?
韓族(한족)의 탈을 쓴 倭(왜)라고 하지!
次次(차차) 退屈(퇴굴)하는 그들의 心理(심리)를
우리의 눈엔 압찔너 뵈임니다
아아 슯으다 아아 가엾어라

四.

아아 슯으다 將軍이 가미여
數十年(수십년) 동안 그 무엇을 爲(위)하야
못 먹고 못 입고 또 못 쉬이고
山(산)으로 꼴짝이로 들로 물로

내 집을 버리고 남의 집으로

내 쌍을 버리고 남의 쌍으로

울고 한숨 쉬고 쓸알이든 生活(생활)이

그 몸을 爲함이던가? 妻子(처자)를 爲함이던가?

個人主義(개인주의)를 極反對(극반대)하든 妻子가 업슨 將軍이로다

아아 슯으다 아아 怨痛(원통)하여라

제177호 _ 대한민국 6년(1924) 10월 4일, 4면

이러진 보배

망국兒(아)

山(산) 넘고 또 넘고
물 건너 또 건너
아즉도 쉬임 업시
넘고 건느고 함니다
그러나 그 보배는
그림자조차 보이지 아니하고
漠漠然(막막연) 함니다
그러나 그러나 그 보배만은
期於(기어)코 찻고져 함니다
이 압길에 제아무리
놉고 험한 山이 잇고 또 이슬지라도!
제아무리
깁고 넓은 물이 잇고 또 이슬지라도!

제178호 _ 대한민국 6년(1924) 11월 29일, 1면

압흔 늣김

南滿同志(남만동지)들에게 보냄

케에취

兄弟(형제)여!

원수는 깁버한다

당신들의 칼날에

兄弟의 피가 흐르는 것을 보고

저의들의 希望(희망)을 이루엇다고

兄弟여!

우리는 원통하다

黑河(흑하)의 記憶(기억)이 상기 새로운데

쏘다시 取禍共倒(취화공도)의 銃(총)알이

兄弟의 가슴을 뚤노나!

아 슬푸다 寃抑(원억)한 죽음이여!

兄弟여!

이 慘絶(참절)한 相殘(상잔)을 끈치고

손잡고 解決(해결)을 지으라

그리하야 祖國(조국)을 차즐 때까지

우리 칼에 倭(왜)놈의 피만 흐르고

우리 탄환이
원수들의 心臟(심장)만 뚜르자

제178호 _ 대한민국 6년(1924) 11월 29일, 4면

北山游覽(북산유람)의 感想(감상)

吳華生(오화생)

雲淡風輕(운담풍경) 近午天(근오천)에 訪花隨柳(방화수류) 遊覽次(유람차)로
松花江(송화강)을 遙望(요망)하며 北大山(북대산)에 登臨(등림)하니
嚴冬(엄동)에 拘束(구속)되던 萬花芳草(만화방초)는 揚揚得意(양양득의)로
自己(자기)의 氣槪(기개)를 誇張(과장)한다
哈哈(하하) 우리 亡命客(망명객)은 異域(이역)에 孤居(고거)하야
無雙(무쌍)한 感想을 引起(인기)하네

北大山 上峯(상봉)에 登坐(등좌)하야 隱然中(은연중)에
自顧自心(자고자심)할 때
孑然單身(혈연단신) 가진 責任(책임) 내 腦髓(뇌수)에 刺戟(자극)된다
참 他國(타국)에 僑居(교거)하는 扶餘少年(부여소년)이 宛然(완연)하고나

이리져리 求景(구경)타가 山麓茶樓(산록다루)에 入坐(입좌)하야
鷄林(계림)을 觀望(관망)할 때
忽然(홀연)히 朴堤上(박제상)의 忠魂(충혼) 나와 同坐(동좌)한 듯하다
그네의 堅忍不拔(견인불발)한 精神(정신)이
내의 외로운 것을 慰勞(위로)하며
압으로 臥薪嘗膽(와신상담)을 明鏡(명경) 삼아
每事(매사)를 進行(진행)하랴 한다

이럼으로 萬般(만반)의 憂嘆(우탄)이
春風(춘풍)에 白雪(백설)갓치 溶化(용화)한다
참 愉快(유쾌)하고나

다시 回首(회수)하야 松花江을 再觀(재관)하니
참 故國(고국)의 大同江(대동강)과 恰似(흡사)하다
이째에 祖國(조국) 생각이 懇懇切切(간간절절)하야
눈물이 不知不覺(부지불각)에 옷깃을 적신다
泣告父母(읍고부모)하고 西渡鴨江(서도압강)한 지 十餘星霜(십여성상)에
이와 갓흔 情境(정경)은 今日(금일) 처음 되는 事(사)로다

忽然히 松江發源(송강발원)을 一想(일상)할 째
白頭山(백두산) 神靈(신령)이 我(아)의 頭上(정상)에 來臨(내임)하야
慨嘆(개탄)하신 말삼이
내의 품안에 잇는 二千萬(이천만) 人生(인생)을 保護(보호)키 爲하야
四千餘年(사천여년) 張轂(장구)한 時間(시간)에
北便(북편)으로 浸來(침래)하랴는
꽁지 잇는 올창이를 力擊(역격)하엿던만
되지 못한 漢拏山(한라산)이 南便(남편)에 聳立(용립)하야
져-멀리 민민한 개고리 侵入(침입)을 防禦(방어)치 못하여
今日 扶餘民族(부여민족)이 塗炭中(도탄중)에 싸져
馬牛(마우)와 魚肉(어육)이 되엿고나

제178호 _ 대한민국 6년(1924) 11월 29일, 4면

북만의 눈

望鄕生
망향생

눈은 밤낫 내리고 쌔립니다
흐린 날도 말근 날도 눈
들에도 토방에도 눈
문 밧게는 어데나 눈
눈(目)에 뵈이난 것은 다 눈
목
눈 天地에 쌔와 사는
천지
사람의 무리들은
房 안에서 썰면서도
방
故國의 동침이 국수를
고국
생각합니다

제179호 _ 대한민국 6년(1924) 12월 13일, 2면

무제

西蜀(서촉)에서 靑山(청산)
싹 없은 녯것은
西山(서산)에 써러지자
새로운 해쌀은
槿園(근원)에 빗치도다
배호자 새것을
직히자 녯 精神(정신)을

제182호 _ 대한민국 7년(1925) 3월 1일, 2면

四時歌(사시가)

다섯뫼

春(춘)

바람아 불지 말고 비야 오지 마라

ᄭᅩᆺ바람 기름비를 뉘라서 슬퍼하랴

北國(북국)에서 露營(노영)하는 同志(동지) 爲(위)하야서

夏(하)

綠陰(녹음)아 자랑 말고 殘紅(잔홍)을 웃지 마라

明春(명춘)이 다시 왓어 萬和方暢(만화방창)할 적에

只今(지금) 이 설음을 쉼갓치 녯말하나

秋(추)

달아 虛穹中天(허궁중천)에 걸닌 달아

설이 찬 三更夜(삼경야)에 正義劍(정의검) 빗기 들고

敵(적) 찻는 勇士(용사)의게 압길을 ᄇᆞᆰ켜주랴

冬(동)

積雪(적설)은 길이 넘고 朔風(삭풍)은 뺨을 갈네

爲國熱血(위국열혈) 뎌 壯士(장사) 네 勇敢火焰(용감화염)되여
그 눈바람을 다 슬어라

제187호 _ 대한민국 7년(1925) 10월 21일, 4면

金文世(김문세) 兄(형)님의 訃音(부음)을 밧고

솔벗

兄님의 訃音이 이 귀를 놀내고
가슴속 깁피깁피 ᄲᅮ리를 박으니
그 엄이 자랄사록 쓰라리외다
熱烈(열렬)한 마음과 眞實(진실)한 行實(행실)은
뉘게 다 맛기고 이 손을 놋나요
苦海(고해)의 中途(중도)에 沙工(사공)을 일흐니
넉이여 이 손을 힘ᄭᅥᆺ 잡아주소서

제187호 _ 대한민국 7년(1925) 10월 21일, 4면

時歌
시가

다섯뫼

울 밋톄 심은 국화
반만큼 웃어잇고
뜰 압에 벽오동은
늘근 닙을 마다하네
초목도 무상한데
인간인들 무변하랴
세력 조흔 아해들아
네 그리 쌔지 마라

제188호 _ 대한민국 7년(1925) 11월 1일, 2면

고국을 글이고

다섯뫼

아해야 술 부어라
취토록 마신 후에
고침에 꿈을 비러
님의 품에 안겨볼가 하노라

에라 모두 다 두워라
삼척검 빗기 들고
우리 벗님 따라 셋어
서리고 맺친 한을
한 칼로 겨러보자

제189호 _ 대한민국 7년(1925) 11월 11일, 4면

노래

故桂園盧伯麟
고계원노백린

사랑과 미듬으로 우리 마음 한데 모아
물이나 불이거나 나라일을 함께하세
져 하늘 이 짜와 가티 끄님업시

제192호 _ 대한민국 8년(1926) 9월 3일, 1면

某除夜
모제야

警寰
경환

老慈淚無已	늙으신 어머님의 눈물은 그침이 없고
阿兄夢不成	형을 향한 꿈을 꾸지 못했네
拙妻腸欲斷	아내는 애간장이 끊어지는 듯
癡子意難平	어리석은 아들은 마음에 차지 않는다
可是今夜裡	오늘 밤
那堪歲暮情	어떻게 세밑의 씁쓸한 감정을 견딜까
丹心唯一片	오직 일편단심
丁寧矢吾生	정녕 나의 인생을 버릴 수 있으랴

제192호 _ 대한민국 8년(1926) 9월 3일, 8면

祝獨立新聞續刊
축독립신문속간

李啓商
이계상

不偏不倚	편향되지 않고 치우치지도 않는
筆鉞赫赫	엄정한 붓끝이 빛나고 빛나네
萬衆一心	많은 사람들이 한마음으로
羣魅伏誅	사악한 도깨비를 죽이는도다

제192호 _ 대한민국 8년(1926) 9월 3일, 16면

嗚呼文子(오호문자)

노미아비

朴夫人(박부인) 文子[*]가 敵獄中(적옥중)에서 自靖(자정)하엿다 한다
烈烈(열렬)하다
文子는 本(본)이 倭女(왜녀)다
父母(부모)가 倭요 生長(생장)이 倭엿다
그러나 그는 倭가 아니오 사람이엇다
그는 能(능)히 不逞鮮人(불령선인)? 朴烈(박열)을 ᄯᅡ라 안해 되고
ᄯᅩ 그는 能히 져의 天皇(천황)을 搏殺(박살)하랴다가
大逆(대역)?을 犯(범)하고 死囚(사수)로 獄에 드럿다
그는 丈夫(장부)를 爲(위)하야
丈夫의 나라를 爲하야
아울너 大義(대의)를 爲하야
主張(주장)을 爲하야
信條(신조)를 爲하야
能히 발강 피 한 모금을
시집 나라의 애태우는 어룬들에게 선사하엿다

---

[*] 박열(朴烈)의 아내 가네코 후미코(金子文子).

아! 그가 희고 말근 韓(한)나라 며누리의 옷을 입고

오慢(만)거慢한 그 남편과 함께

大日本王(대일본왕)의 法庭(법정)에서

더할 수 업는 戲劇的(희극적) 嘲笑(조소)를

神聖不可侵(신성불가침)에 퍼부어 씨울 쌔

그의 색기 五千萬(오천만)이

얼마나 心痛(심통)하고 안타싸워쓸가

아! 그는 그만 졈지 아너졋다

일하지 못할 바에

작난은 더하랴 하지 아니하엿다

그는 마츰내 七月(칠월) 二十一日(이십일일) 아츰

새빗 미태서 씨친 몸을

시나라 太白山(태백산) 기슭에 무치기로 하고

남편을 꿈쑤고 이승을 버렷다

아! 烈烈한 文子!

제192호 _ 대한민국 8년(1926) 9월 3일, 16면

鳳朝(봉조)와 德三(덕삼)

노미아비

鳳朝 德三이 父子間(부자간)이란다
鳳朝가 아비? 德三이 아들!
이것이 무슨 業寃(업원)이냐
造物(조물)의 작난이냐
아니면 오늘날 時代社會(시대사회)가 有意(유의)코
그 矛盾(모순)을 反映實證(반영실증)함이냐
德三은 烈烈(열렬)한 獨立軍(독립군)의 義勇隊(의용대)인데
鳳朝는 凶惡(흉악)한 倭敵(왜적)의 密探(밀탐)이라니

德三이 上海(상해) 倭館(왜관)에서 목 잘닌 것이
어제인 듯 눈에 선하거늘
그런 지 달半(반) 만에 鳳朝는 長春(장춘)서
正義府(정의부) 憲兵(헌병)에게 銃殺執行(총살집행)을 當(당)하엿다고
長壯(장장)한 아들 살날 먼 그 아비
한 집안에 慘酷(참혹)한 이 두 非命(비명)의 주금
그 뉘라 人情(인정)으로 불상타 아니하랴만
아들은 殉國(순국)으로 全家(전가)를 빗냇거늘
아비는 개주검으로 一門(일문)을 辱(욕)보엿고나

그러나 아비로 하야 그 아들이 屢(누)됨 업나니
오히려 겨울바람이 차올사록 달빗은 힐 섄이다
그러나 아들로 하야 그 아비가 赦(사)밧지 못하나니
도로혀 그 아들의 그 일을 보고도
고치지 안는 그 罪(죄) 하나이 더함이로다
그럿타 粗石(조석)에 璞玉(박옥)이 나되
玉은 玉대로요 돌은 돌대로다

鳳朝는 獨立軍을 주기고 獨立軍에게 주것다
便同(편동) 德三을 주기고 아들에게 주금이다
德三은 倭敵을 주기고 倭敵에게 주것다
無異(무이) 鳳朝를 주기고 아비에게 주금이다
아! 가엽슨 두 父子
倫氣(윤기)는 大義(대의)에 끈허지고 寃讐(원수)만 公憤(공분)에 메져젓다
그들은 마참내 永遠無窮劫(영원무궁겁)에
다시 풀니지 못할 敵이 되고 마러버렷다

그러나 이 엇지 鐵山(철산)에도 李姓(이성) 쓰는
鳳朝 德三네 한 집안의 일섄일가 보냐
모양은 다를망정 同種類(동종류)의 事實(사실)이 곳곳에 잇스리라
甚至於(심지어) 新舊衝突(신구충돌)로 老少爭(노소쟁)에까지

나라 안팟게 모든 頑昧(완매)한아비네들아

져 山의 돌이 내 이마의 방망이로다
나라를 뉘 亡(망)하고 겨레도 뉘 파럿거늘
게다가 다 써근 一縷殘命(일루잔명)을 苟且(구차)히 ᄭᅳ러가느라고
제 罪(죄) 代命(대명)바다 熱烈(열렬)히 날뒤는 子息(자식)들을
ᄶᅡ러 주기랴는 렴치 都大體(도대체) 무슨 렴치란 말고

鳳朝야 개니 더 말할 것 업거니와
사람의 아비 된 이는 부듸 德三을 낫코
아들 주기는 罪를 거듭 짓지 마러지이다

제193호 _ 대한민국 8년(1926) 10월 3일, 14면

進步
진보

史維士[●]
사유사

同盟國家	동맹국가가
正爲解放被壓迫民族而向前邁進	바야흐로 피압박 민족의 해방을 위해 힘차게 전진했도다
同盟國領袖	동맹국의 영수가
且在計劃未來的新世界	이제 시야를 넓혀 미래의 신세계를 주창하도다
雖然還沒有衆多的具體的諾言	비록 구체적인 약속이 많지 않으나
但是已經結束了猶豫不決的階段	이미 주저하는 단계는 끝났도다
所有抵抗侵略的國家	침략에 저항하는 모든 국가가
幷沒有完全列立在這偉大的計劃之中	이 위대한 계획에 완전히 포함되지는 않았으나
但是韓國, 維也納, 和伊朗的被重視	한국, 빈, 이란은 중요시되어

● 1944년 1월 17일 ≪논단보≫에 게재된 스미스의 시를 주세민(周世敏)이 번역한 것으로, 카이로 회담에서 한국의 독립을 보장한 것을 기념하여 지은 시.

却獲得了全世界的欣慰和支持	전 세계의 격려와 지지를 받았도다
關於法國和或者波蘭的命運	프랑스와 폴란드의 운명은
同盟國家預先并沒有確切的保障	동맹국가가 사전에 확실히 보장해주지는 않았지만
若干小國僅取得有條件的承認	약소국가들은 조건부 승인을 받았을 뿐이었도다
其他國家的命運飄搖不定	기타 국가의 운명은 아직 암흑 속에서 불안에 떨도다
然而爲了報答自戰爭開始後	그러나 전쟁이 개시된 이래
一直不渝的忠心和可歌可泣的行爲	줄곧 변함없는 충성과 감격스러운 행위에 대해
韓國, 維也納, 和伊朗的地位	그 보답으로 한국, 빈, 이란의 지위를
已由同盟國共同保障	동맹국이 공동으로 보장했도다
有幾個模稜兩可的中立國提出要求	기회주의적 중립국가 몇몇은 강경한 요구를 제출하여
希望戰後取得適當的權利	전쟁 종결 후에 적당한 권리 얻기를 희망하도다
有些要求當然不會被接受	어떤 요구는 접수되지 않았으며
還有些徒有其名而已	어떤 것은 부질없이 명목만 유지하는 정도로 끝났도다

可是爲了每一個愛好和平的國家	그러나 평화를 애호하는 모든 국가들을 위해
爲了激勵每一個同盟國家的戰士	모든 동맹국의 전사들을 위로하기 위해
韓國, 維也納, 和伊朗的名字	한국, 빈, 이란의 이름이
將首先被人提起	맨 먼저 제기되었도다
波斯人如何不甘心做納粹的工具	페르시아인이 어떻게 나치의 도구가 되기를 싫어하였고
奧太利如何反軸心的統治	오스트리아가 어떻게 추축국(樞軸國)* 의 통치에 반항했으며
韓國如何反抗日本的壓迫	한국이 어떻게 일본의 압박에 반항하였던고
這些故事將傳遍德黑蘭與漢城	이로 말미암아 테헤란과 서울은 세상에 두루 알려지고
爲亞洲和歐洲民主擁護者	아시아와 유럽의 민주주의 옹호자로 인정되었도다
堅決反抗軸心與日本	추축국과 일본에 반항하기로 굳게 결심한
韓國, 維也納, 和伊朗艱苦的奮鬪	한국, 빈, 이란의 고난의 분투는
實有不朽的光榮	참으로 불후의 영광을 받았도다

* 독일, 일본, 이탈리아.

馬爾他的功績已用十字架報償	몰타의 공적은 이미 십자가로 보상되었고
史太林格○的英勇尒有寶劍來表彰	스탈린그라드의 빛나는 용단은 보검으로 표창되었도다
這三國的高○堅忍勇敢的人民	이 삼국의 용감한 백성들은
未來的地位也決非昔日可比	미래의 지위는 결코 전날에 비할 바가 아니로다
同盟國家的鐵拳已續開軸心的魔掌	동맹국의 철권은 이미 추축국의 마수를 때려 눕혔도다
爲了承認三國血汗的貢獻	삼국이 흘린 피는 이미 인정을 받았기에
韓國, 維也納, 和伊朗	한국, 빈, 이란은
將列在全盤計劃的最前一行上	모든 계획의 최전선에 놓이게 되었도다

중경판 제5호 _ 대한민국 27년(1945) 1월 10일, 2면

엮은이

대한민국임시정부기념사업회

대한민국 임시정부의 자주독립 정신을 계승·발전시킴으로써 민족정기와 독립사상을 고취하고 평화통일을 앞당기고자 2004년 9월 15일 창립되었다. 특히 국내외에 산재한 대한민국 임시정부의 활동 기록과 생존자 및 관계자들의 증언이 소멸·소실되기 전에 이를 시급하게 수집·보존·연구하는 일에 힘써왔다. 기념사업의 일환으로 창립 이후 해마다 항일투쟁의 현장을 찾는 '독립정신 답사'를 진행해왔으며, 2006년 재북 애국지사 성묘단 방북, 2009년 '임시정부가 꿈꾼 나라' 전시와 학술대회 등의 굵직한 행사를 진행했다.

그러나 가장 중요한 목적사업은 '대한민국임시정부기념관' 건립이다. 2015년 11월 23일, '대한민국임시정부기념관 건립추진위원회'를 출범한 뒤 '대한민국임시정부기념관 건립의 필요성과 당위성', '대한민국은 언제 세워졌는가' 등의 학술회의를 연달아 개최하고, 사진전 '제국에서 민국으로', 스토리펀딩 '한국사를 지켜라' 등의 사업을 통해 기념관 건립을 호소했다. 대한민국 임시정부의 역사를 망라한 사진집 『사진으로 보는 대한민국 임시정부 1919~1945』를 발간해 전국 시도교육청에 보급한 것도 이 사업의 달성을 위한 것이었다.

2018년 1월, 정부는 마침내 '국립대한민국임시정부기념관건립위원회'(위원장 이종찬)를 구성하고 기념관 건립에 나섰다. 2019년, 대한민국 임시정부 수립기념일인 4월 11일에 서대문형무소 옆 기념관 건립 부지에서 '국립대한민국임시정부기념관 건립선포식'을 열 예정이다.

2018년 '대한민국 100년'의 의미를 새기고자 문화체육관광부 후원으로 음악제 '콘서트 & 오페라 백년의 약속'과 영화제 '2018 레지스탕스영화제', 그리고 문학제 다큐멘터리 음악극 '길 위의 나라'를 잇달아 주최한 것도 주목할 만한 성과다.

피로 묵(墨) 삼아 기록한 꽃송이

엮은이 대한민국임시정부기념사업회
펴낸이 김종수
펴낸곳 한울엠플러스(주)
편 집 김지하·박준혁·최진희

초판 1쇄 인쇄 2018년 12월 26일
초판 1쇄 발행 2019년 1월 3일

주소 10881 경기도 파주시 광인사길 153 한울시소빌딩 3층
전화 031-955-0655
팩스 031-955-0656
홈페이지 www.hanulmplus.kr
등록 제406-2015-000143호

Printed in Korea.
ISBN 978-89-460-6592-5 03810

* 책값은 겉표지에 표시되어 있습니다.